ング・オーヴァー

Starting Over

これは、
二十歳の誕生日を迎えた僕が、
十歳まで時を巻き戻されて、
再び二十歳になるまでの話だ。

スターティング・オーヴァー

三秋 縋
イラスト／E9L

1

僕がこれからする話は、多分《たぶん》、君が想像しているのとは正反対の話になるんだと思う。

だって、「二十歳の記憶《きおく》を持ったまま、十歳に戻って人生をやり直せる」なんて機《き》会《かい》があるとしたら、普通はその記憶を利用して、様々なことを変えようとするだろうからね。

「あのときああしておけばよかった」っていう後悔は、誰《だれ》もがいくつも抱えているはずだ。もっと勉強しておけばよかったと後悔している人もいれば、もっと遊んでおくべきだったと後悔している人もいる。もっと自分に正直でいるべきだったと後悔している人もいれば、もっと他人のいうことに耳を貸すべきだったと後悔している人もいる。あの人ともっと早くに親しくなっておくべきだったと後悔している人もいれば、あの人と関《かか》わりを持つべきではなかったと後悔している人もいる。もっと慎重な選択をすべきだったと後悔している人もいれば、もっと大胆な賭《か》けに出るべきだったと後悔している人もいる。

子供の頃、ひょんなことから、橋の下の浮浪者と一時間ばかし会話をしたことがあった。顔全体を使って笑う、明るい男だったな。後悔とは無縁《むえん》そうに見える彼だったけど、それでも一つだけ、悔やんでも悔やみきれないことがあるらしかった。

「この五十年で、俺《おれ》が犯した唯一の過ちは」と男は言った。「この世に生まれてきちまったことだ」

そういう後悔もある、ということだ。

まあ、とにかく僕がいいたいのは、人生には後悔が付き物だってこと。その点に関しては、君もおおむね同意してくれると思う。もし人生をやり直せるんだとしたら、誰だって、一周目の反省や教訓や記憶を活《い》かしてもっと優《すぐ》れた二周目を目指すはずさ。後悔が先に立ってくれるんだからね。

ところが僕がしたことと言えば、まさにその正反対のことだったんだ。いやあ、我ながら馬鹿《ばか》なことをしたと思うよ。ほんとにさ。

2

自分の人生が十年巻き戻されたことを知ったとき、僕は思ったよ。

「なんて余計なことをしてくれるんだ」、ってね。

なに一つ、自分の人生についての後悔を持っていない人間がいるとしよう。そいつは多分よっぽどの幸せ者か、そうでなきゃ、よっぽどの馬鹿だ。反省する点が一つもないくらい完璧《かんぺき》な人生を送ったか、反省できるほどの脳味噌《のうみそ》を持ちあわせていないか。

自分でいうのもなんだけど、僕は前者だった。幸せ者だったのさ。自分の人生というものを、心底気に入っていたんだ。ほんと、なに一つ問題がなかったからね。最高の恋人、最高の友人、最高の家族、まあまあの大学。足りないものなんてなに一つないように思えた。

あんまりにも生きることが楽しいもんだから、一日に六時間も眠らなきゃいけないことが、苦痛でしかたなかったな。起きてりゃ必ずいいことがあるんだから、少しでも長く起きていたかった。睡眠なんてのは人生の損失だと思っていたね。

それだけ自分の人生が気に入っていた僕にとって、人生をやり直す機会なんてのは、ありがた迷惑な話という他《ほか》なかった。こういう機会はさ、もうちょっと、自分の人生に心底絶望しきっているような、そういう人に与えられるべきだったんだと思うよ。二十歳から生き直せるなら、二十歳までしか生きられなくたって構わない、って人もたくさんいるんじゃないかな。

チャンスってのは、いつだって望んでない者に与えられるんだ。神様の野郎はあまのじゃくなんだな。テレビを点《つ》けて、そこに映っている人達を見れば一瞬《いっしゅん》でわかるように、「天は二物を与えず」ってのも大嘘《おおうそ》だ。少々罰当たりなことを言うことになるけど、神様の中に「平等」って概念はないんだろう。

そんな神様のあまのじゃくな采配《さいはい》を目の当《ま》たりにした僕は、ふと、よけいなことを思いついたんだ。僕は一周目の人生に満足していて、二周目の人生におけるやり直しには興味《きょうみ》がないときている――

だったら、一周目の人生を、二周目でも、そのままやり直してやろうじゃないか。

そう思ったんだ。

つまり、僕も神様の野郎に負けず劣らず、あまのじゃくだったってことだね。一周目で犯したミスや逃したチャンスを、僕はあえて全部、そのままにしてやることにしたんだ。

十年分の巻き戻しを、完全に無意味にしてやろうってわけ。

これから起こる事件や災害、危機や変革のことも、漠然と頭に入ってはいたけど、僕は口をつぐむことにした。第一、そういうのに口を出し始めたら、きりがないだろうしね。それに、この世界には「自分は未来人で、これから起こることがわかるんです」なんてのたまうクレイジーな野郎はたくさんいるわけで、僕の言うことだけが信じてもらえるはずもない。めでたくそっち方面の病院に入れられてお終《しま》いだと思うよ。救える人を救わないっていうのは、そりゃ、いけないことなんだろうけどさ。でも僕は正直、自分の幸福を犠牲《ぎせい》にしてまで他人を気づかう必要って、どこにもないと思うんだよ。自己犠牲をいとわない人というのは確《たし》かにいるけど、彼らにしたって、その行為から得られる満足が損失を上回るからそうしているってだけで、自分の幸福を最優先《さいゆうせん》していることには変わりない。

肝心なのは、自分にとって一番の幸せはなにか、って点だ。そして僕にとっての幸福というのは、「なに一つ変わらないこと」だったんだ。一周目の徹底的《てっていてき》な再現。それが、僕が二周目の人生に望むすべてだった。こんなに欲のない時間遡行者《そこうしゃ》ってのも、本当にめずらしいと思うよ。誰かに褒《ほ》めてほしいくらいだね。

3

二周目の人生は、ちょうど、十歳のクリスマスから始まった。

僕がそれに気づいたのは、枕元《まくらもと》に置いてあった、スーパーファミコンの入った紙袋のおかげだった。十歳の僕は、それが欲しくてしかたなかったんだな。

スーパーファミコン。今聞くと、たいそう間の抜けた名前だけど、当時は最先端のおもちゃだった。初めて友達の家でこれを見たときは、「こんなに面白《おもしろ》いものがこの世にあっていいのか」って衝撃《しょうげき》を受けて、せっかく出されたお菓子にも手をつけず画面に見入っていたもんだったよ。

コンピューターゲームって、当時はかなり高価なものだったんだけど、僕の誕生《たんじょう》日《び》っていうのがまさに十二月二十四日、クリスマス・イヴでさ。クリスマスプレゼントと誕生日プレゼントがセットということで、ちょっとくらい高価なものでも買ってもらえたんだ。

僕は枕元の紙袋の中身をベッドの上に出した。くすんだ灰色《はいいろ》のボディ。赤、青、黄《き》色《いろ》、緑のボタン。いやあ、実に懐《なつ》かしかったな。時間遡行について考えるのもそっちのけで遊びたいと思ったくらいだ。昔のゲームって、独特の魅力《みりょく》があるんだよ。容量の関係で、全てが最低限の表現に抑えられているんだけど、それが逆に、非常に詩的な効果をゲーム全体にもたらしているんだな。

紙袋の中には、一緒にゲームソフトも入っていた。それはそうだ。本体だけあっても、どうしようもないからね。――ただ、笑っちゃうことに、そのゲームっていうのが、まさに「タイムスリップもの」だったんだ。過去や未来にいったりきたりするゲーム。

そのゲームの言い方を借りれば、僕の人生は、「つよくてニューゲーム」にあたるわけだ。「つよくてニューゲーム」っていうのは、前回の記憶や能力を引き継いでもう一度同じ過程を繰《く》り返す、っていうシステムのことなんだけど、今の僕はまさにそんな感じじゃないか。

4

さて、こうなると君は、二十歳だった僕が突然十歳に戻った原理とか、タイムパラドックスがどうのこうのとか、そういったサイエンス・フィクション式のくだんないことから聞きたがるかもしれないけどさ、実をいうと僕は、そんなことには興味がないんだ。

だって、僕がいくら仮説を立てたところで、それを証明する手立てがないんだからね。理屈としては、「僕の身に起きた出来事は「絶対に起きるはずがないこと」なんだ。二足す二が五になるようなことが起きたのさ。それって、考えるための物差しそのものを狂わされたようなものじゃないか。

可能性として残るのは、僕の頭がおかしくなった――つまり、十歳の僕が、突然二十歳相当の知識《ちしき》を身に付けただとか、二十歳の僕が十歳に戻った幻覚を見ているとか、そんなところになるんだろうな。

でも実際のところ、僕は至って正常だった。大体、自分の頭がおかしくなったかどうかなんて、考えてもしかたのないことだよ。本当に頭がおかしい人間は、自分の頭がおかしいことに気づきようがないんだから。

僕が気にするべきは、「これからどうするか」、その一点に尽きるんだ。この状況から、いかに幸福な人生を送るか？　それだけ考えてりゃいいんだ。

5

結露《けつろ》した窓をパジャマの袖《そで》でこすって外を見ると、まだ薄暗《うすぐら》く、雪に覆《おお》われた住宅街が一望できた。空の感じからいって相当寒いはずで、それにもかかわらず子供の体はぽかぽかしていたな。こういった点に関しては、子供の体ってのはすごいもんだ。

早朝というだけあって、窓の外には人はいなかったし、物音一つしなかった。動いているものといえば、空から一定のリズムで降りそそぐ雪だけだ。自分の呼吸音とかすかな衣擦《きぬず》れの音が、異様に大きく聞こえたな。

紙袋をごそごそやった音のせいで、二段ベッドの下の段で寝ていた妹が目を覚ましたらしく、もそもそと羽毛布団から出る音がした。僕は柵《さく》に摑《つか》まって下をのぞいた。七歳当時の妹が、そこにいた。妹は眠たげな目で枕元のテディベアを見つめて、少し遅れて「わあー」と歓声をあげた。

絹に漆《うるし》をぶちまけたような長髪、へらへらした口元、色素の薄い大きな瞳《ひとみ》。妹にもこんな時期があったな、と僕は懐かしく思った。この頃の妹はまだ運動も苦手で、人見知りも激《はげ》しかったんだ。いっつも「お兄《にい》ちゃん、お兄ちゃん」って僕の二メートル後ろをとことこついてきていたな。

ある意味じゃ、一番かわいい時期だったとも言える。もちろん十年後の彼女にしたってよい妹であることに変わりはないんだけど、歳《とし》を重ねるにつれて、どんどん僕を頼らなくなっていくからな。できすぎた妹ってのも、考え物だよ。

僕はベッドから飛び降りて絨毯《じゅうたん》の上に着地し、妹のベッドに腰かけ、テディベアに夢中な彼女に「なあ」と話しかけた。

「兄ちゃんは、十年後から戻ってきたんだよ」

妹は寝ぼけた様子《ようす》で、「おかえりー」と笑った。

僕はなんだかその反応が気に入っちゃって、「ただいま」と言って妹の頭をぐしゃぐしゃ撫《な》でた。妹は妹で、うつむいてなにもいわず微笑《ほほえ》みながら、テディベアの頭をぐしゃぐしゃ撫でていた。十歳の頃の僕ってあまりこういうことをしなかったから、新鮮《しんせん》だったのかもしれないな。だからどう反応すればいいのかわからなかったんだろう。

僕は自分の最高の思い付きを誰かに披露《ひろう》したかったんだ。「二周目の再現に徹する」っていう風変わりな発想を、誰かに聞いてほしかった。その相手として、妹は都合がよかったんだ。小さいからどうせなにをいっても理解できないだろうし、すぐに忘れてくれるだろうから。

正座してひざの上にテディベアを乗せている妹に、僕はこういった。

「今の僕には、これから自分が犯す過ちだとか、本当にやるべきだったことというのが、一から十まで分かるんだ。実をいうと、今からなら、神童《しんどう》にも、お金持ちにもなれる。いや、それどころか、予言者や救世主にだってなれるんだ。……でもね、僕は、なに一つ変える気がないんだ。前回と同じ人生を送ることができれば、それだけで十分だからね」

テディベアを抱えた妹は、僕の顔をぼうっと見つめて、「よくわかんない」と正直なところを答えた。

そうだろうね、と僕はいった。

6

これは、二十歳の誕生日を迎えた僕が、十歳まで時を巻き戻されて、再び二十歳になるまでの話だ。

7

なによりもまず説明しておきたいのは、僕が一周目の再現について、一切妥協しなかったということだ。

それはなかなかに困難《こんなん》な道だったな。二十歳の知能を持っていながら十歳相当の教育を受けたり、それくらいの歳の子に合わせた会話をしたりするっていうことは、君が想像する以上に難《むずか》しく、また苦痛を伴うものなんだ。教室で授業を受けているときなんかは、本当に気が狂いそうになったよ。

　こういう言い方はよくないんだろうけど、正常な人間が精神病棟に放り込まれたら、きっとこんな気分になるんだと思う。

　とにかく僕は、なにをするにも、手を抜くことに真剣だった。自己顕示欲《じこけんじよく》っていうのは誰にでもあるもので、クラスの皆が分からないような問題を解いたり、教師の理不尽な言葉に対してぐうの音も出ないほどの反論《はんろん》を返したり、そういうことを何度もしたくなったのは事実だ。我慢ってのは体によくないよ。あの欲求に逆らうのは、かなりのストレスだった。

　でも、もちろん辛《つら》いことばかりでもなかった。子供の目を通してもう一度世界と触れ合うこと以上に贅沢《ぜいたく》なことなんて、この世には存在しないんだ。その頃僕らはまだ、世界と仲よしだったんだよ。木々も鳥も風も皆、僕に対して開かれていたんだ。そういう感じって、悪くなかったな。

　いずれも見たことのあるはずの光景なのに、なにを見ても新鮮だった、というのも贅沢な経験《けいけん》だった。どうしてそういうことが起きたのかというとだね、妙なことに、僕の一周目の記憶は、未来から持ち帰ってくる最中にちょっと破損してしまったのか、あるいは容量の関係で圧縮《あっしゅく》されてしまったのか、一、二段階ほど抽象的なものになってしまっていたんだ。

たとえば、「十二歳の夏、湖でキャンプをした日に見た星空」についての記憶があるとする。僕がそれについて思い出そうとすると、確かに、「星が数えきれないほど出ていて綺麗《きれい》だった、流れ星をいくつも見た」ということは漠然と思い出せるんだけど、具体的な情景は一切頭に浮かんでこないんだよな。湖やキャンプ場の名前も思い出せない。僕が思い出せるのは、あくまで「湖」と「キャンプ場」というところまでなんだ。

もっと深く思い出せるときもあれば、もっと浅くしか思い出せないときもある。もともと記憶ってものにはそういう性質があるけど、二周目においては、それが顕著だったんだ。

そして、だからこそ僕は、色んな感動を台無しにせずに済んだんだと思う。むしろ、なにが起こるかをある程度知っている分、心の準備ができて、しっかりと一瞬一瞬を楽しめたともいえるな。あらすじだけ知っている本を読むようなもの、といえるかもしれないね。

ただでさえ十年前の記憶なんてのは曖昧《あいまい》で、完全に忘れちまっていることだって、多々あっただろう。それでも僕は、一周目の再現に関して、できる限りの努力はしたつもりだ。僕は制限のかけられた記憶と現状を照らしあわせて、極力「自然な」選択を心がけてきた。

それは容易なことじゃなかったけど、結果として、僕は二周目のアドバンテージを利用して一周目をより豊かにしようという誘惑からは逃れることができた。それもこれも、全部、僕が一周目の人生を愛していたから、という点に帰結するだろうな。僕はなにがあろうと、一周目の人生をなかったことにしたくなかったんだ。

だが、それでも、蝶《ちょう》の羽ばたき一つ程度の違いで、人生ってやつは、かなり変わってしまうものらしい。

二周目に入って五年も経《た》つ頃には、僕の人生は、一周目のそれとは大きく様変わりしていたんだ。

8

なにから話せばいいのかもわからないけど、とにかく、一から十まで変わってしまったんだよ。

いや、本当になにから話せばいいのかわからないな。つまりね、まったく異なる二人《ふたり》を比較して、「どこが違う？」って訊かれても、なにから答えればいいのかわからないのと同じさ。相違点っていうのは共通点があってこそ語れるものじゃないか。メリーゴーラウンドと鉛筆の違いを説明しろ、っていわれても困るだろう？

ともかく一言でいうとね、僕は、落ちぶれたんだ。

一周目の人生からは、とても考えられないくらいに、徹底的に落ちぶれたのさ。

いくつか例をあげると、そうだな、一周目で親友だった人物にいじめられたり、一周目で恋人だった女の子にこっぴどくふられたり、一周目で通っていた高校の受験に失敗したり……そんな感じだ。

きっと君は、その墜落の過程や、それに伴う心情の変化について、詳しい話を聞きたがるかもしれないけどさ、僕はそれについて、今のところ、あんまりしゃべりたくない。

つまりね、自分の悩みについて深刻な顔で語るのは性に合わないし、そんなことしたって喜ぶのはせいぜい、他人の不幸を聞くのが三度の飯よりも大好きな、野次馬《やじうま》的で井戸端会議《いどばたかいぎ》的な人間だけだろう。僕はそういう人に向けてこの話をしているわけじゃないんだ。

だから、面白そうなとこだけ、かいつまんで話そう。

いってみれば、こういうことだ。僕の二周目の人生において、奇跡的な悪循環《あくじゅんかん》が生じたわけだよ。

一つの悪いことが、別の悪いことを呼んで、そいつがまた更に悪いことを呼び込む。歯車がひとつ微妙にずれた途端《とたん》、それに接した他の歯車に過大な負担がかかって、さらにそれらの歯車に接した他の歯車に過大な負担がかかって――そうして最後には全部の歯車がばらけてしまう。今回起こったことは、そういう風に説明できると思う。この表現は友人の受け売りだけどね。

もともと僕は、〝どっちに転んでもおかしくない人〟だったんだろう。大成功する可能性を秘めている一方で、大失敗する可能性をも秘めていたのさ。もっとも、よくよく考えてみれば、そんなのは僕に限った話じゃないんだけどね。

9

色んな要因が複雑すぎるくらいに絡んでいるんだろうけど、決定打となったのは、やっぱり、恋人となるはずだった女の子に、あっさりふられちまったことだろうな。百パーセント成功すると思っていた告白に失敗したとき、僕がどれだけ狼狽《ろうばい》したかは、想像に難《かた》くないだろう。

記憶によると、〝その子〟はいつも眠そうな目をしていて、でも睫毛《まつげ》が長いから、それが様になっている。ぼうっとしている割には常に頭が回っているらしくて、自分の考えをしっかり持っている……僕の未来の恋人は、そんな子らしかった。

他の記憶に比べると、その情報は鮮明に残っている方だったな。記憶にも優先順位があって、優先度が高いほど具体的な記憶になるのかもしれない。まあ、記憶ってそういうものだ。

いかにも僕の惚《ほ》れそうな子だ、と思ったな。僕はただ頭がよいだけの子は気にならないんだけど、「ぼうっとしてるくせに考えはきちんとしてる」みたいな子には、めっぽう弱いんだよ。異性の好みっていうのは、友人選びの基準と比べると、フィーリングに頼っちゃうところがあって、どうしても単純になっちゃうんだよな。でもこればっかりは、自分ではどうしようもない。

記憶によると、一周目では、中学三年生の春に僕がその子に告白して、「ありがとう、ずっと待ってたんだ」みたいなことを半泣きでいわれて、以後五年間、二人は片時も離れずにいたんだ。

二周目もそうなるはずだったんだよ。

そうなるはずだったんだ。

10

中学二年生の秋、文化祭前夜、クラス発表の準備が大詰めを迎えていたとき、僕はふと、その日が僕の人生にとって重大な意味を持つ日だということを思い出した。その日は午後九時頃まで学校に残ることが暗に許されていて、皆わざわざ作業を遅らせて、夜の学校でわいわいやることを楽しんでいた。

午後六時を過ぎた頃だったかな。僕はベランダで外の空気を味わいながら、教室で小道具を作ったり劇《げき》の練習をしているクラスメイトを眺めていたんだけど、突然、なにがあったわけでもないのにむくむくと幸福感が溢《あふ》れてきてさ。その幸福感の出所を頭の中で探っているうちに僕は、後にかけがえのない存在となる女の子を発見するのが今日《きょう》この日だってことを思い出したんだ。

どうやら僕は、これから恋に落ちるらしい。あいかわらずその運命の女の子が誰なのかはわからなかったけど、とにかく今日、僕は将来の恋人となる人間に惚れるきっかけを得るようだった。

だからその日、僕はぎりぎりまで教室に残って運命の女の子との出会いを待ったんだ。九時を過ぎて、僕がいい加減待ちきれなくなった頃、クラスメイトの一人《ひとり》がいった。

「おい、誰かこれを体育館《たいいくかん》まで持っていってくれないか？」

直感的に、僕はそれを即座に引き受け、いくつかの小道具を受けとった。小道具の中には赤いサンタの帽子もあったな。その気になれば一人で持っていけそうだったけど、すぐに教室の端から、「待って、私も手伝《てつだ》う」という声が聞こえた。

僕は声の主に目をやった。僕の方へ小走りにやってきたのは、ツグミだった。やっぱりな、と僕は思った。眠そうな目、長い睫毛、しっかりとした考え。あらかじめ、それらの特徴に該当する女の子を探して、候補を何人かに絞っていたんだけど、その中でも一番ぴんときていたのはツグミだった。薄々、この子が将来的に僕の恋人となる人物なんじゃないかな、と目星をつけていたんだ。僕の予想は的中したわけだな。

未来の恋人を前にして僕はすっかり舞《ま》いあがってしまい、廊下を歩きながら、小道具のサンタ帽子をわざわざかぶってツグミに向かっておどけてみせた。彼女は口元をおさえてくすくす笑って、それから手に持っていた小道具の中から鹿《しか》の角をとって、僕と同じようにかぶってくれた。

体育館はすでに照明が消えていて、真っ暗だった。舞台裏のすみに小道具を置き終えると、ツグミは僕の顔を見て、いたずらっぽく微笑んだ。

「ねえ、戻ってもまた作業の手伝いをさせられるだけだし、ここで少し休んでこうよ」

僕はもちろんそれに同意した。

その日は結局二人で帰った。なんだかお互いに別れるのが惜しい感じになって、公園のベンチでさらに一時間くらい話し込んだ。ここから僕の人生の一番いい時期が始まるんだ、と思うと、幸福感で目眩《めまい》がしたな。

また一周目と同じ人生を、僕は繰り返せるんだ。そう思った。

ところが——中学三年生の桜の季節の話だ。一周目にそうしたように、放課後《ほうかご》、二人しかいない教室で僕はツグミに告白した。

喜ぶ準備も、喜ばれる準備も、万端だったんだ。

しかし、彼女は困ったような顔をして、「うーん……」と苦笑いしただけだった。

数日待たされたあげくに僕はふられたわけだけど、ひょっとすると、僕に余裕がありすぎたのが問題だったのかもしれない。つまり、一周目の僕が告白に成功したのは、焦ったり緊張《きんちょう》したりして、そういう必死さが彼女の心を動かして、本来うまくいくはずもない告白を成就させていたのかもしれないということだな。

二周目の僕は、「ほら、待ってたんだろ？　そろそろ告白してやるよ」みたいな態度だったからね、それが彼女によくない印象を与えていたとしても、なにも不思議じゃない。

もちろん他の要因だって、いくらでも考えられる。でもとにかく、僕は彼女を恋人にすることに失敗した。大事なのはその一点さ。

11

それからは、ひどいもんだったな。僕が想像していた以上に、恋人の存在は、一周目の僕の人生によい影響《えいきょう》を及ぼしていたようなんだよ。いわゆる「幸運の女神」を失った二周目の僕は、強風の中に放りだされたビニール袋みたいに無力だった。

最初の一か月くらいは、なにかの間違いだと信じ続けたな。きっとツグミは深い理由があって嘘をついているんだ、僕が辛抱強《しんぼうづよ》く待ち続けていれば、そのうち「嘘をついてごめんなさい。あの日は深い事情があってあなたの気持ちに応《こた》えられなかったけど、本当は私もあなたのことが好きだったの」とかいってくれるに違いないと信じていた。

　でも告白の日から五十日くらい経って、僕もさすがに認めざるを得なくなった。もう取り返しのつかないところまできてしまったということ。どんなに努力したところで、過去を忠実に再現するなど最初から不可能だったんだということ。

　まったく、こんなことなら最初から神童として振る舞っていればよかったんだ。だが嘆いても遅かった。時間遡行から五年が過ぎたその頃には、僕の精神年齢《ねんれい》は、身体年齢とほとんど一致してしまっていた。いや、それどころか、以後の僕は、ツグミのいない人生に耐えられなくなって、授業なんてまともに聞いていられなくなって、志望校のレベルを二つほど下げることになっちまうんだ。

　いやあ、他人の影響力ってのは、馬鹿にならないよ。

　二十歳の記憶を持っていながら高校受験に苦労するなんてあり得ないっていわれるかもしれないけど、一度、数年間頭をからっぽにして小学生に囲まれて暮らしてみるといいよ。僕のいっていることがわかると思う。人の脳っていうのは柔軟だから、いらないと判断した情報は、容赦なく捨てちゃうんだ。

12

いってみれば僕は、後悔のない一周目を歩んできたがために、後悔だらけの二周目を送る羽目になったんだ。

僕は決して多くを望んだわけじゃなかった。どちらかといえば、慎《つつ》ましく振る舞ったつもりだった。それは褒められるべき態度だったと思う。

そういった意味でも、神様が考えてることってのは、僕にはちょっとわかんない。案外、なにも考えていないのかもしれない。まあ、それも神様とやらが本当にいたらの話だけどさ。

そもそも、僕は無神論者なんだ。こんなに神様がどうのこうのいうのも妙な話だよ。多分、僕は「神様」って言葉を借りて、この世界の公正さとか、そういうものについてなにかいいたいんだろうな。

13

そんなこんなで、高校生になる頃には、僕はすっかり暗い人間になってしまっていた。一周目の僕を知っている人間が二周目の落ちぶれた僕を見たら、とてもじゃないけど同一人物だとは信じられないと思う。

中学三年生の春にツグミにふられて以来、僕は段々と人間というものが嫌いになってきていた。それでもまだ、完全に人嫌いになっていたわけじゃないんだ。ところが、本来入る高校より偏差値にして十ほど下の高校に入った僕は、そこにいる知性のかけらも感じられないような連中を見て、芽生《めば》えかけていた人間嫌いに磨きをかけちゃってさ。しかも、客観的《きゃっかんてき》に見れば自分もその一員でしかないんだから、よけいに落ち込んだね。

それで僕は、どんどん周りと距離《きょり》を置くようになっていった。結果、絵に描《か》いたような孤独な人間になったんだ。

もはや学校生活は、苦痛以外の何物でもなくなっていたな。三年間の大半は、時計《とけい》を見て過ごした気がするよ。時の経過をひたすら待つのが僕の高校生活だったといってもいい。

時が過ぎればそのうちよくなるだろう、って僕は思っていた。しかし、時間が解決してくれるのは済んだ物事だけなんだな。確かに僕の問題はそれ以上ひどくなることはなかったけど、それ以上によくなることもなかった。

高校ってのは、友人のいない人のためには作られていないんだ。そういう人が楽しく過ごせるようにはできていない。だから、二周目の高校生活における思い出ってのは、ほとんどないんだ。卒業アルバムさえ、ろくに見ずに捨ててしまった。

寂しいもんだよ。一番楽しいはずの修学旅行でさえ、悲しい思い出しかないんだ。班行動のときに、他のメンバーが僕のことを露骨に邪険に扱っていたこととか、旅館で夜中に目を覚まして便所に行きビリー・ブラウンみたいに泣きべそをかいていたことととか、そんな思い出。

「一体どうしてこんなことになっちまったんだ？」、「こんなはずじゃなかったのに」。頭の中には、いつもそういった言葉があった。でもそうした感情って、本来誰でも抱えているものなんだよな。自己不一致感、とでもいうのか。一周目の僕は、一度もそんなことを考えたことがなかった。それはそれで異常だったんだと思えるよ、今となっては。

14

二周目の僕は、幸せすぎた一周目に対する付けを払っているんだろうか？　そう僕は考えた。でも一方で、この世界が公正でないことについて僕はなんとなく確信《かくしん》を持っていた。僕らが生きているこの世界は、そこまで平等にはできていない。やり方によっては、僕はあの一周目よりもさらに幸福な人生を歩むこともできたんだと思うよ。

僕のミスは、守りに入っちまったことだと思うんだ。たとえば持久走なんかで、百人中、いつも三番くらいにゴールする人がいるとするだろう？　でも彼は、あくまで一番を目指して走っているから三番になれるんだ。仮に彼が最初から三番を目指して走っていたら、きっと七番とか九番でゴールすることになるんじゃないかな。僕の犯したミスは、そういった類《たぐい》のものだったんだと思うよ。

15

しかし、ちょっとしたことがきっかけで、僕は一時的に立ち直るんだ。あくまで一時的にだけどね。

高校二年生の冬、ひどい吹雪《ふぶき》の夜だったな。僕はがたがた震《ふる》えながら、駅に向かうバスを待っていたんだ。停留所には一応屋根があったけど、横から吹きつける風で、そんなものはほとんど無意味だった。メルトンのコートは雪がはりついて真っ白になって、顔や耳は痛いくらいに冷たかった。

バス停付近の住宅からは、いかにも温かそうな灯《あか》りが漏れていてさ。濡《ぬ》れた路面はぼんやりとした鏡《かがみ》を作りだして、道路の下に歪《ゆが》んだ逆様《さかさま》の世界を映しだしていた。そういうのって、下手《へた》に美しさを狙《ねら》って作った電飾なんかより、よっぽど美しいんだな。

三十分前に到着しているはずのバスがようやくきたけど、ドアが開く前から、僕が乗る余裕がないことはわかった。のろのろと走っていくバスを、僕はやむなく見送った。

僕は夜空を見あげて、白い息をたんまり吐いた。あんまりにも寒くて、このままじゃ風邪《かぜ》をひいちまうと思ったけど、それはそれで構わなかった。だって、高校を休む口実ができるだろう？　このまま五時間くらいここにいて、肺炎にでもなってしまおう、と僕は半ば本気で考え始めた。そしてベンチに腰掛けたとき、ふと、道路を挟んで向かいのバス停で、同じように待ちぼうけをくらっている人がいることに気づいた。

吹雪に髪をなびかせる彼女は、僕のよく知る子だった。

そう、中学三年生の春に僕をふった女の子、ツグミがそこにいたんだ。

どうして、と真っ先に思ったな。彼女の通う高校は、僕の通う高校とは数十キロ離れているはずなんだ。

なにか用事があって、たまたまこの辺りを訪れたんだろうか、と僕は考えた。本人に訊けばわかる話なんだろうけど、どうしても声をかける気にはなれなかったな。

というのも、その頃の僕は、半ばツグミに対して、逆恨《さかうら》みのような感情を抱いていたんだ。彼女が僕の好意を受け入れなかったせいで、今の僕はこんな風になっちまったんだ、ってね。勝手な言い分さ。でも、他人に責任を押しつけでもしないと、僕は自分を保っていられなかったんだ。

しかし、いざツグミを目の前にすると、心のどこかで喜んでいる自分がいることも確かだった。それは認めざるを得ないだろう。

僕は無遠慮《ぶえんりょ》な目線《めせん》をツグミに送っていたけど、向こうは僕に気づいていないみたいだった。あるいは、彼女の中で僕の存在はとるに足らないもので、もうとっくの昔に僕の顔なんて忘れちゃっていたのかもしれない。

寒さに震える彼女は、なんだか寂しそうに見えたね。

隣《となり》に誰か、温かい存在を必要としているように見えた。

もちろんそれは、僕の勘違い、自分に都合のよい想像だ。温かい存在を必要としていたのは、もちろん僕の方さ。でも僕は、彼女がそう思っていることにしたんだろう。

それは幸せな勘違いだった。自分が必要とされているっていう錯覚《さっかく》は、実にいい感じだったね。「あの子にはやっぱり僕が必要なんだ」って自分に思い込ませることに成功したんだよ、僕は。そして人は、勘違いを糧《かて》にして生きていけるものなんだ。宗教なんかがいい例だ——なんていったら、怒られるかもしんないけどさ。

16

生きる気力をすっかり失ってしまっていた僕だったけど、そのおめでたい勘違いのおかげで、かつての幸せな日々をとり戻そうと決意できた。

真っ先にとり組んだのは、ツグミと同じ大学へいくための猛勉強だった。

死に物狂いで勉強した、ってわけじゃない。どっちかというと、僕は勉強に集中したというよりも、他のことに集中することをやめたんだ。消去法的な集中力っていうのかな。勉強する以外の選択肢を、自分の中から排除したんだ。

それはなかなかに危険な方法で、一歩間違えば、勉強以外に能がなく、趣味《しゅみ》も生き甲斐《がい》もない人間を作りかねないやり方だ。でも、勉強中常に流していた音楽が、僕をぎりぎりのところに留《とど》めてくれた。

僕はもともと、あんまり音楽の趣味のいい人間ではなかった。ただ、ジョン・レノンだけは好きだったんだ。なんでかっていうと、一周目の恋人が、暇さえあればそれを流していたからさ。妙なことに、レノンにまつわる記憶は、他の記憶よりもはっきりしている。まあ、彼の歌は時を超えて歌い継がれているんだから、そういうことがあってもおかしくはないと思うよ。

どこかの雑誌で読んだんだけど、いい音楽っていうのは、最初はどんなに自分の感性に合わないように感じられても、何百回と聴《き》いているうちに絶対に馴染《なじ》んでくるものらしい。僕は音楽といえば典型的なカラオケソングしか聴かない人間だったんだけど、二周目の高校時代、ふとラジオから流れる「ヤー・ブルース」を耳にしたとき、自分の耳がすっかりジョン・レノンに馴染んでいることに気づいたんだ。それからは、勉強中は必ずレノンの曲をかけるようになったな。

明確な目標ができたおかげで、僕の高校生活は、いくらかまともになった。それまで僕は授業中に五十回ばかし時計を見て、少しでも早く時間が過ぎることを願《ねが》っていたものだけど、授業が自分にとって意味のあるものと化した途端、時間は瞬《また》く間《ま》に過ぎるようになったんだ。バスや電車の中でも単純暗記に励み、夜決められた時間机に向かう癖《くせ》ができてしまってからは、くだらないことで悩んで眠れなくなるようなこともなくなった。

きっと、これまでの僕は、よけいなことを考える時間がありすぎたんだろうな。短期間で桁外《けたはず》れの量の知識を頭に詰め込むことで、古い記憶はすみに追いやられ、相対的にその重要度は減じていった。

高校生活最後の一年を、僕はそれなりに穏《おだ》やかに過ごせたと思う。僕がよく思い出すのは、初冬の、いよいよ受験勉強も大詰めという頃のことだ。一人で自室にこもって勉強をしていた頃の記憶。

部屋《へや》にはコーヒーの香りが漂っていて、机の左奥のスピーカーからは「ストロベリー・フィールズ・フォーエヴァー」なんかがひそひそと流れている。右奥には小さな卓上ライトがあって、灯りはそれだけだ。椅子《いす》の右後ろにはヒーターがあって、熱風《ねっぷう》が直接こちらにこないように角度が調整《ちょうせい》されている。

二、三時間に一度、僕はコートを着て外に出て、冬の空気を胸いっぱいに吸い込む。

天気がいい日には星が見える。十分ほどそうした後で部屋に戻り、冷えた手をヒーターで温めた後、再び参考書と音楽と自分だけの世界にこもる。

そういうのは、意外と悪くないもんだった。自己完結的な癒《いや》しが、そこにはあったのかもしれない。

一度上がり始めた学力は、結局、最後まで伸び続けた。僕は一周目で通っていた大学に、奇跡的に合格できたんだ。素敵《すてき》な気分だったな。失いかけていた自尊心みたいなのが、再び僕に戻ってきた。今ならなんだってできる、って思ったんだ。

そこまではいい。そこまではよかったんだよ。

大学の入学式が終わって、僕はかつての恋人――ツグミの姿を捜し回って、ついに見つけだすわけなんだけど、むしろ、こっからが問題なんだ。

三年っていうのは、なにかが変わるのには、十分すぎる時間だ。

それくらいは覚悟していたつもりだったんだけどな。

17

入学式が終わると、僕はホールのエントランスまで足早にいって、そこでツグミが通りかかるのを待った。

というのも、彼女が一周目と同じ大学に入っているかどうか、今いち確証が持てなかったからね。なにもかもが一周目と同じというわけにはいかないことは、ツグミと僕が結ばれなかったことからいっても、また僕が一周目とは別の高校に通っていたことからいっても、明らかだった。なにかの間違いでとっくにツグミが就職《しゅうしょく》してしまったということだって十分に考えられる。

幸い出入り口は一か所だけで、彼女がここにきているとしたら、僕がそれを見逃す可能性は低かった。それになんたって僕には、ツグミと他の人間を見分けるセンサーが内蔵されているんだ。でたらめをいっているんじゃない。若い時分に誰かのことを強烈に好きになったことがある人には、きっとわかってもらえると思うよ。

僕と同じ新入生の連中は、皆それぞれ知人を見つけては、大袈裟《おおげさ》に悲鳴をあげて喜びを分かち合っていたな。傍《はた》から見たら馬鹿みたいだけど、やっている本人たちはものすごく楽しいんだろう。素直に羨《うらや》ましかったね。

あいにく僕には知人がいなかったし、いたとしても口をきくような相手でないことは確かだから、そういうことはできなかった。でも、もしツグミを見つけて声をかけたとき、向こうが他の子たちと同じように大袈裟にわめいて僕との再会を喜んでくれたら、きっと嬉《うれ》しいだろうなあって思った。きっと、その思い出だけで半年くらいは生きていけるだろうな。

そう、この頃になると、僕はかなりエコな人間になっていた。あまりに喜びの少ない人生なものだから、ほんの些《さ》細《さい》な幸せでも、頭の中で反芻《はんすう》して、アイスの蓋《ふた》の裏まで舐《な》めとるような感じで味わい尽くすようになっていた。

僕はしきりに髪型を気にしたり、ネクタイを整《ととの》えたり、顔の筋肉をほぐしたりしてツグミとの再会に備えていた。

そして、そのときがきた。

人ごみの中で、ほんの少し後頭部が見えただけだったんだけど、僕にははっきりとわかった。ツグミだ。なんて声をかければいいのかわからなかったけど、とにかく僕は彼女に歩み寄っていった。胸の辺りが異様に苦しかった。呼吸も不規則になってさ。たった数メートルの距離が、何百メートルにも感じられたたな。

声をかければ確実に気づいてもらえるであろう距離まできて、僕は「ツグミ」と彼女の名を呼ぼうとして——でも、開きかけた口からは声が出てこなかった。

体温が三度くらい下がった気がしたね。

18

僕の知らない男と、ツグミが腕を組んで歩いている。

でも、それだけなら、僕はまだ我慢することができたと思う。

そりゃ、三年間も離れ離れだったんだし、あれだけ魅力的な女の子を周りの男が放っておくはずもない。あまり考えたくはなかったけど、それくらいは覚悟していたはずなんだ。ツグミだって、ずっと一人じゃ寂しいだろう。それで僕の代わりの男を見つけていたとしても、僕は彼女を責めることはできない。

しかし、ツグミの隣にいた男というのが、どこからどう見ても、一周目の僕にそっくりだということになると――さすがに話は違ってくる。

ツグミの隣を歩いているその男は、背格好、仕草《しぐさ》、声、しゃべり方、表情の作り方、どれをとっても、一周目の僕に瓜二《うりふた》つなんだ。前にもいったように、僕の一周目の記憶は具体的ではないんだけど、「人懐っこい笑顔《えがお》」とか「音楽的な声」とか、そういう形では残っていて、彼の特徴はまさにそれと合致するんだ。

ドッペルゲンガー、という言葉が僕の頭をよぎった。

ある人間と瓜二つの「偽物」が現れるっていう、あの話さ。

ただ、ツグミの隣の男を僕のドッペルゲンガーだと考えることには、ちょっと問題があったたな。というのも、二周目の僕は、一周目の僕とはあらゆる意味でかけ離れていたからね。だからさ、おかしなことに、一周目の再現という観点からツグミの隣の男と僕を見比べた場合、どっちかと言うと僕の方が〝偽物〟っぽいんだよ。どちらかがドッペルゲンガーだとしたら、それは僕の方であると考えた方が妥当なんだ。

完敗といっていいだろうな。仮に一周目の人生を正確に再現できていたら、きっと僕は、今ツグミの隣にいる彼みたいになれていたんだと思う。

どうりで僕が彼女と付き合えなかったわけだよ。

二周目では、僕の代役がいたんだ。

19

誰かに対してはっきりと敵意を抱いたのは、久しぶりだったね。

それまでは、人を憎む元気さえもなかったんだ。だって、誰かを自分の中で悪者にするには、自分を正義側と見なす必要があるだろう？　僕にはそれができなかったんだ。二周目の自分がろくでもない人間だってことは、僕が一番理解していたからね。誰かを憎むといえば、せいぜい、かろうじてツグミを逆恨みしていたくらいだった。

でも、このときばかりは、僕は怒りに打ち震えた。呆然《ぼうぜん》と立ち尽くしながら、「おい、違うだろ、それは僕の役だろうが！」って頭の中でいい続けていたように思う。なんていえばいいのかな。ただツグミに恋人ができていただけなら、まだ許せるんだよ。「奪い返してやろう」って気にもなれたと思うし、「あんなやつより俺《おれ》の方がいい」って断言できたと思う。うん、かえってそっちの方が燃《も》えるくらいだよ。運命の相手を奪い返す戦い、みたいな感じでさ。

でも、僕からツグミを奪ったのは、他でもない僕だったんだ――というと、ちょっと語弊《ごへい》があるかもしれないけど。ようするに、一周目で僕がいたポジションに収まった誰かさんが、一周目の僕に限りなく近い成長を遂げた姿が、今ツグミの隣にいる彼ってことなんだろう。

なんにせよ、今ツグミの恋人をやっているのは、「より完全な僕に近い存在」だったんだよ。

さて、ここで一つ、問いを立てよう。

〝僕は僕に勝てるのか？〟

相手がまるっきり違うタイプの男だったら、僕は、僕なりのよさを前面に押し出して行けばよかった。そしてツグミがそれを愛してくれる、ってこともわかっている。人の好みなんて、そうそう変わるもんじゃないからね。

でも、相手が僕とまるっきり同じタイプの男となると――僕はもう、どうやって勝負すればいいのかわかんなくなった。

だって、いってみれば彼は、僕の上位互換なんだよ。

20

こうして僕は、再び途方に暮れることになる。

それからの数か月は、本当に驚《おどろ》きっぱなしだったよ。なにせ、かつての僕の大学生活というものを、僕の分身が次々と正確に再現してみせたんだから。本来ならその過程についても僕は詳しく語るべきなんだろうけど、今回も省略させてもらおう。だって、あれを一から説明していたら、僕の気が完全に滅入《めい》っちゃうからな。

あっという間に彼は学部の中心的存在になって、色んな人から慕われて、色んな女の子にいい寄られて――それでも、ツグミ一筋を貫き通していたな。いやあ、客観的な立場から見て、一周目の僕って幸せだったんだなあって思ったよ、改めてね。そのくせ嫌味《いやみ》もないし、人に親切だし。

ツグミと彼が二人で歩いている姿は、悔しいけど、すっごく絵になるんだ。歩くおとぎ話、ってとこだな。

二人とも、あんまりにもきらきらしすぎていて、僕なんかが近寄れる感じじゃなかった。いや、もちろん、二人は優しくて気《き》づかいのできる人間だから、僕が彼らと仲よくしたいという意思を見せれば、受け入れてくれただろう。でもそんなのは僕の望むところじゃないんだ。

それにしても、あんな完璧《かんぺき》に見える人間も、一歩間違えれば僕みたいになる可能性もあったんだと思うと、これもまた不思議な気分だったな。彼が僕と同じようにやり直す機会を与えられたら、そのとき、僕のように落ちぶれる可能性はゼロじゃないんだ。

そう考えると、世の中には、いい人と悪い人がいるっていうよりは、いい環境で育った人と悪い環境で育った人がいるってだけなのかもしれない。少なくとも僕は、遺《い》伝《でん》なんて大した問題じゃないと思うよ。

21

僕の頭の中でなにかが切れたのは、翌年の十月末頃だった。

高校卒業後は大学近くのアパートで一人暮らしをしていた僕は、その頃になると、いわゆる「ひきこもり」に限りなく近い状態になっていた。大学にはほとんどいかず、アルバイトをするわけでもなく、誰とも会わず、まともな食べ物を口にせず、一日中部屋にこもって安酒を飲み、あとは寝てばかりいたんだ。

テレビもラジオもつけなかったし、新聞も読まなかったな。とにかく自分を外界から隔離していたんだ。コンビニエンスストアに酒や煙草《たばこ》やジャンクフードを買いにいく以外の用事では、滅多《めった》に外に出なかった。携帯の受信ボックスを見ても、一年生のときに気を紛らわすためにやっていた短期アルバイトの仲介業者と、メールマガジンで溢れちまってた。人間の名前は一つもなかった。

「代役」の存在を知ってからというもの、僕はなにをするにしても彼と自分を比較せずにはいられなくなってしまっていた。ことあるごとに、自分が彼に比べていかに劣っているかを自覚させられることになったんだ。

すると、それまで当たり前だったことさえ、急に耐えられなくなってきてさ。たとえば、高校時代の僕は一人で登下校することに疑問を感じたことなんて一度もなかったんだけど、大学生になって、毎日のように一緒に登校してくるツグミと代役——トキワという名前だそうだ——を見ていると、僕は自分がどうしようもなく孤独な人間に感じられてね。以後、僕は一人で大学と家を行き来している最中、隣にツグミがいないことを意識させられて、むなしさを覚えるようになってしまった。

こういったことが、段々とフルタイムで起きるようになっていったんだ。一人で食事をとっているとき。一人でテレビを観ているとき。一人でベッドに寝転んでいるとき。一人で買い物をしているとき。とにかく、いつだって僕は、隣にツグミがいないことを実感して、喪失感に襲《おそ》われた。

街を歩いていて、高校生のカップルなんかを見かけた日には、なんともいえない気持ちになったな。ツグミとトキワも、あんな感じでしょっちゅう制服デートしていたんだろうなって思うと、どうしてもやりきれなくなった。二人は、部活が遅くなった日なんかには自転車二人乗りで帰って、雨が降った日には一つの傘に二人で入って、雪の降った日にはポケットの中で手を繋《つな》いで歩いたんだろう。それは容易に想像できた。

ひょっとすると、あの日バス停で見たツグミは、トキワのことを待っていたのかもしれないな。

僕はツグミがどれだけ僕のことを幸せにできるか知っていたし、僕がどれだけツグミのことを幸せにできるかも知っていた。だからこそ、むなしかったんだ。

そういうわけで、僕は始終傷ついていた。困ったことに、自分を癒そうとして、綺麗な景色《けしき》を眺めたり、美味《おい》しいものを食べたり、感動的な映画を観《み》たりしても、逆効果でさ。「こんな素敵なものを分かち合える相手がいないなんて」っていう気にさせられちゃうんだ。

これには参ったね。こんなんじゃ、本当になにもできないじゃないか。

いやあ、いつでも発狂の一歩手前だったな。そういうわけで、僕は外界から自分を隔離して、シガレッツ・アンド・アルコールで頭を麻痺《まひ》させるしかなかったんだ。人類の偉大な発明の一つだね。

22

その日は大学祭があったんだ。でも、僕は家から出る気が起きなかった。サークルに入っているわけでもないからやることがないし、一緒に会場を回る相手がいるわけでもない。いってもどうせ惨《みじ》めな思いをするだけだってことは、僕が一番わかっていた。

でも、厳密《げんみつ》にいえば、僕は大学祭にいこうといくまいと、なんにせよ、この日は惨めな思いをすることになっていたんだ。

というのもね、思い出してしまったんだよ。一周目において、今日という日がどんな日だったのかをね。くそったれ、僕はその記憶に関しては、ほぼパーフェクトな形で持ち帰っていたんだ。そりゃ、重要な記憶だから無理もない話だけどさ。

一周目の僕とツグミは、十五歳から片時も離れずにいて、人目を盗んではことあるごとに抱きあったり口付けあったりしていたんだけど、不思議なことに肝心の一線はなかなか越えずにいた。なんでかっていうとね、僕らは、安心しきっていたんだよ。互いの気持ちが変わらないことを確信していたから、焦ることはないだろう、って思っていた。

だから、限界まで互いに我慢を強《し》いることにしていたんだ。楽しみは、ぎりぎりまでとっておくことにしていたんだな。

そして、その残された最後の一線を越えるのが、この日、大学祭の夜だったんだ。

つまり、ツグミとトキワが、今晩、一線を越えるってわけさ。

僕は、自分が腹を立てると思ったんだ。これまでにないくらい、理性が吹っ飛ぶくらいぶち切れて、手近なものでも破壊《はかい》するか、勢いあまってツグミのところにいくかでもすると思った。

ところが、実際に僕がとった行動といえば、まるっきり正反対だった。

なんでそんなことをしたのか、自分でもよくわからないんだけど、僕はテーブルの下に潜《もぐ》ったんだ。避難訓練でもするみたいにさ。

そして嗚咽《おえつ》を漏らし始めた。何時間も、子供みたいに泣いたんだ。

腹を立てているうちは、まだいいんだ。それって、相手をまだ敵と見なせているわけだから。でも悲しくなっちゃったら、お終いだ。それは「どうしようもない」ってことを半ば受け入れちゃったってことなんだから。

23

気づけば部屋はすっかり薄暗くなっていた。窓の外から鈴虫の声が聞こえた。

僕の気分は多少落ち着いてきていた。自分の心の奥底に小さな火が点いていることにも、僕は気づいていた。

変なところで、僕は冷静だったんだ。どんなに情に訴えようと一生懸命《いっしょうけんめい》になろうと、今の自分がツグミにふさわしい男ではなくて、トキワには勝てないってことは、重々承知していた。

じゃあどうすればいい？　そう僕は自分に問いかけた。

簡単《かんたん》なことさ、と僕は自答した。

「代役を、降板させればいいんだ」

僕は自分の導《みちび》きだしたその答えに、あっさり納得した。

とても正気の沙汰《さた》とは思えないよね。

だって、ようするに僕は、僕の代役を務めるトキワのことを、殺してしまおうと考えたわけなんだから。

そうすればツグミも、また寂しくなって、彼に一番近い存在である僕の方に傾くんじゃないか、って思ったわけだよ。

どう考えたってそれは合理的な方法とはいえなかったし、仮にトキワの殺害に成功したところで、それで本質的な解決になるとはいいがたい。むしろ、トキワがこのタイミングで死ぬことによって、ツグミの中で彼の存在が神格化され、他の男には見向きもしなくなる可能性だってある。

でも、とにかくそのとき、僕は本気だったんだ。「それはツグミのためでもあるんだ」なんて、勝手なことを思っていた。どう考えたって、今のままでいる方が、ツグミにとっては幸せなのにさ。

いやあ、追い詰められた人間ってのは、本当にろくなことを考えないね。視野が狭すぎるんだ。総合的に見て、二周目の僕ってのは、とことん愚かだったといわざるを得ないだろうな。

考えようによっては、僕の精神年齢は、一周目の二十年と二周目の九年を合わせて、二十九歳程度でもおかしくないんだよな。でも現状を見る限り、僕の精神年齢は、十数歳程度で止まっちまってるみたいだった。早熟《そうじゅく》な子に起こりがちなあの「うさぎとかめ」現象が、僕にも起こっていたんだと思う。

さて――長くなったけど、大体、ここまでが前置きだ。二周目で再び二十歳になるまでの過程において重要なのは、実をいえば、最後の数か月くらいなんだ。ここからは、もうちょっとだけ丁寧《ていねい》に説明していこうと思う。

24

そういうわけで、僕の恋人奪還《だっかん》作戦が始まった。ドッペルゲンガー殺害計画、ともいえるな。

いくらトキワを殺したところで、僕が捕まってしまったらどうしようもない。安全かつ確実に彼を殺害するために、僕がまず始めたのは、尾行だった。

確実に殺せる瞬間がいつか必ず訪れると信じて、僕はトキワの後を尾《つ》け続けた。もっとも望ましいのは、事故に見せかけて、高所から突き落とすというやり方だった。そう、数年が経過してしまえば、加害者本人の僕でさえも、「あれは本当に事故だったんじゃないか」と思えるくらい自然な死に方が望ましかったんだ。

悪いことをした人が、後についボロを出して捕まってしまうっていうのはよくある話だけどさ。あれって僕が思うに、気を抜いたせいっていうよりは、本人が「捕まってもいいや」って思っちゃうことが原因なんだよ。罪悪感に耐え切れなくなって、心のどこかで「捕まった方が楽だ」って気持ちになって、それでつい自分からボロを出しちゃうんだ。

そういう風にならないためには、さっきもいったように、「僕が殺した」っていう実感が薄くて済むような殺し方が理想的だった。

そして、少なくとも一周目の僕は、橋だの展望台だの屋上だの、高いところからの景色をぼうっと眺めているのが大好きだったんだ。だから、もし彼が、ひと気のない橋の上なんかで手すりにもたれてぼうっと前方を眺めていたら、僕は彼の両足を不意打ちで持ちあげて、そのまま前方に押しだしてやればいい。

今の警察《けいさつ》がどこまで進んだ捜査技術を持っているのかは知らないけど、万が一彼の死が人為的なものだと気づかれたところで、僕の髪の毛や服の繊維《せんい》、それに指紋なんかが彼の死体から見つからない限りは、ひとまず大丈夫だろう。

とにかく、僕のすべきことは、ただただ辛抱強く待ち続けることだった。こういった場合、機会は作るものではなく、待つものなんだ。僕はどう考えても、知恵を振り絞って警察を欺《あざむ》けるタイプの人間ではない。どんなに厳密にやろうとしても、必ずどこかでミスを犯すに決まっているんだ。だから、運を味方につけるしかなかった。

幸い、時間はいくらでもあった。これが大学祭以前の話だったら、僕はもう少し焦っていたかもしれないな。無理にでも、最後の一線を越えられる前にトキワを殺していたかもしれない。いやあ、そうならなくて本当によかったと思うよ。

尾行そのものは、それほど難しいことじゃなかったな。トキワは一周目の僕に限りなく近い人物だったから、行動を容易に予想できた。次はあっちへいくだろうなとか、そろそろ移動するだろうなとか、そういうのは手にとるようにわかった。大体、自分が尾行されているなんて、よっぽど後ろめたいことがある人でもない限り、そうそう気づくものじゃない。

尾行と聞くと、君はついつい、私立探偵もののハードボイルド小説みたいな展開を想像するかもしれないけど、だとしたら期待を裏切ることになってしまうだろうな。

実際のところ、それは、退屈と不自由の塊でしかなかった。尾行対象がなにか重大な秘密を持っているならまだしも、相手はただの学生だからね。

それに僕は、なるべく無理はしない方針でいたからさ。そうなると、安全に尾行できる瞬間っていうのはかなり限られていた。だから僕の主な仕事は、「待つこと」だったんだ。尾けるっていうよりは、どこかに腰を据えてトキワが通りかかるのを辛抱強く待つ、みたいな形が主だった。あんまりこっちから姿を現すと、怪しまれるだろうからね。電車の乗降人数を計測するアルバイトをやったことがあるけど、あっちの方がまだやりがいがあったな。

ただ、面白いことに、僕は尾行のために頻繁《ひんぱん》に外出するようになったんだけど、おかげで気づけばひきこもりがすっかり治っていたんだ。もともとそんなに重度じゃなかった、というのもあるんだろうけど。

皮肉なことに、殺害計画を思いついてからというもの、しばらく僕の性格はとっても明るくなっていたんだ。ドッペルゲンガーを尾行するにあたって、変装のために古着屋に通いつめたり、本やウェブで尾行術を学んだり、街の地図を頭にたたき込んだりと、ちまちました努力を重ねたんだけど、そういうのが脳によい影響をもたらしたのかもしれない。それまでほとんど刺激《しげき》のなかった脳は、次々と情報が送り込まれることで、徐々に活性化し始めたんだ。

とにかく、自分がやるべきことがはっきりしているってのは、よいことなんだろうな。たとえ目的が殺人であろうと、なにかに向けて順序立てて努力していくっていう行為はプラスに働いて、僕の生活に張りが出てきたんだ。

それによって、段々と僕の顔つきも変わってきてさ。大学に入ってからは鏡なんてちっとも見ていなかったから、最初はその変化には気づかなかった。妹に指摘されて、僕は初めて鏡をまじまじと見て、自分の顔が、ほんのちょっとだけ明るくなっていることに気づかされたんだ。

――そうそう、妹の話をすっかり忘れていた。もうちょっと先に話しておくべきだったのかもしれないな。僕に匹敵するくらいの大きな変化を遂げた、妹の話。

見方によっては、最大の被害者なんだよ、僕の妹は。

25

妹に関する記憶は、恋人のそれに劣らず明確だった。一周目の僕の中で、妹は、結構重要な位置を占めていたんだろうね。

一周目の妹は、おそろしく活動的な女の子だったな。太陽と運動をこよなく愛していて、年中健康的に日焼けしている、エネルギーの塊みたいな子だった。一緒にいると、こっちまで元気になっちゃうような感じでね。

カロリーの供給が消費に追いついていないのか、あんまり女性的な体つきとはいえなかったけど、いつでも屈託ない笑顔を浮かべているものだから、男受けがよかった。しょっちゅう僕は知り合いに「紹介してくれ」って頼まれていたな。

ところが二周目の妹ときたら、読書と日陰を好む、色白で終始うつむきがちな、愛想のない女の子になってしまっていたんだ。一周目の妹を知っている人が見たら、なにかの冗談《じょうだん》だと思うだろうな。一周目とのギャップたるや、僕に勝《まさ》るとも劣らないといった感じだった。

妹がそんな風に変わってしまったのは、僕のせいだと思う。兄妹の上が不登校だったり素行不良だったりすると、下はその影響をもろに受けてしまうもんだからね。毎日死にそうな顔で家を出て、帰ってくると部屋にこもって寝てばかりいる僕を見て、妹は将来に希望が持てなくなっちまったんじゃないかな。

兄妹揃《そろ》って陰気な人間になったせいで、僕の家は、毎晩お通夜みたいだった。実際、ひどいもんだったぜ。笑顔ってものが皆無なんだ。テレビから聞こえてくる笑い声だけが薄ら寒く響《ひび》いている家。

父親にせよ母親にせよ、自分の子供がひねくれた育ち方をしたせいで、自分の遺伝子や教育方針に自信をなくしたんだろうな。本当はすごくいい人たちだったんだよ、実の息子《むすこ》の僕がそんな風にいうのも妙な話だけどさ。でも、息子の方はいつだって世界の終わりみたいな顔をしているし、娘の方はいつだって自分の殻にこもって本を読んでいて、両親だけ明るく楽しくってわけにはいかない。

そして、余裕がない人間っていうのはどうしても歪むんだな。僕を失敗作と見なした母親は、妹の方に過大な期待をかけるようになって、家庭教師をつけたり塾に通わせたりして、ことあるごとに彼女にプレッシャーをかけるようになった。「お前だけは失敗するなよ」とでもいいたげだったね。当然妹はそれを重荷と感じただろうし、僕もその都度自分の存在を否定されている気になった。

父親は父親で、なんというか、もう家族には期待しないことに決めたらしくてさ。彼は彼で、自分の世界にこもり始めたんだ。ネイキッド・バイクに凝《こ》り始めてね。それ自体は全然構わないというか、むしろよい趣味だと思うんだけど、休日はほとんど家にいることがなくなってさ、母親が買い物に付きあえといっても無視するばかりなんだ。見ていてひやひやしたね。毎週土曜《どよう》の朝になると喧嘩《けんか》が始まるんだ。誰も止めやしない。

僕が十七のとき、父親は割と大きな事故を起こしてね。一か月ばかし入院する羽目になって、その一か月は家で喧嘩が起こらない分非常に平和だったんだけど、父親が退院したその日のうちに両親が本格的な大喧嘩を繰り広げて、以来、ほとんど口もきかなくなってしまったんだ。

もとはといえば、全て、僕のせいなんだ。僕が変わったことで妹が変わって、兄妹が変わったことで両親が変わったのさ。あの二人が喧嘩する必要なんて、どこにもなかった。でも、そんなこといったって、あの人たちはとりあってくれないだろうな。いよいようちの馬鹿息子が頭をおかしくしやがった、くらいにしか思わないだろう。

いつの間にか両親の話になっていたけど、妹の話だったたね。そう、かつて僕と妹は、周りが呆《あき》れるくらい仲よしだったんだ。でも二周目では口もきかないどころか、目を合わせることすらしなかったたな。お互いに。

多分、二周目の妹は、僕を嫌っていたんだと思うよ。だって、たまに口を開いたかと思えば、出てくるのは大抵僕に対する文句だったからね。「目つき悪いよ」とか、「髪長すぎ」とか。人のこといえないだろって思ったね。妹だって僕に勝らず劣らず目つきは悪かったたし、髪も伸ばしっぱなしだった。

いやあ、実に悲しいもんだったよ。娘に嫌われた父親って、こんな気分なんじゃないかな。でも確かに、しかたのない話でもあるんだ。現に僕は、嫌われて当然の人間だったんだから。

26

ところが、僕がドッペルゲンガー殺害計画を立て、トキワの尾行を始めてから一か月ほど過ぎた頃のことだ。真夜中に妹が一人で、僕の住むアパートまでやってきたんだ。

僕のことが大嫌いなはずの妹がだよ。

ちょうど、初雪が観測された日のことだったな。風呂《ふろ》からあがってしばらくして、あまりに寒いから、僕はその冬初めてヒーターを点けたんだ。数か月間放置していたヒーターは、スイッチを入れて数分後に細かいほこりを吐きだした。その後徐々に熱風が出てきて、甘い灯油の匂《にお》いが部屋に満ちた。

ヒーターの前で縮《ちぢ》こまって暖をとっていると、呼《よ》び鈴《りん》が鳴った。僕は時計を見る。午後九時。こんな時間に、一体誰がなんの用だろう？　僕を訪ねてくる友人なんているはずがないし、隣の部屋と間違えているんじゃないだろうか？

再び呼び鈴が鳴らされる。普段《ふだん》の僕なら無視するところだろうけど、その日の僕は、ちょっとおかしかった。わざわざ鏡の前で身だしなみを整え、小走りで玄関に向かって、ドアを開けたんだ。

ひょっとすると僕は、人恋しかったのかもしれない。間違いでもいいから、僕の部屋のドアをたたいてくれる人がいるのが、嬉しかったんだろう。それで、一言か二言、その間抜けと会話したいと思ったんだ。

ところがドアを開けた先にいたのは妹だった、というわけだ。

混乱したな。真っ先に思いついたのは、家族の誰かになにかひどいことがあったんじゃないか、ということだ。父親がバイク事故で死んだとか、母親が実家に帰ったとか。妹はそれを伝えにきたんじゃないか、と僕は思ったんだ。長い間いいことのない人生を送っていると、自分にくる知らせは全部悪い知らせなんじゃないかと疑ってしまうんだよ。

制服の上にカーディガンを重ねただけの格好の妹は、白い息を吐きながら、僕の目を見ずにいった。

「しばらく、ここに泊めて」

家でなにかあったのかと僕が訊くと、妹は「なにもない」とだけいい捨てて、勝手に僕の部屋にあがり込んだ。空き瓶や空き缶から放たれる臭《にお》いと洗濯物《せんたくもの》を部屋干しした臭い、それに煙草の吸殻の臭いが混ざって作りだされる悪臭に妹は顔をしかめ、せっかくヒーターで温めた部屋の窓を全開にして片付けを始めた。

今の彼女が僕の部屋を片付けるってわけは、これはもう、しばらく僕の部屋に居座る気満々ってことに違いない。二周目の妹は一周目の妹と違い、「兄の身の回りの世話をせずにはいられない妹」みたいなキャラクターじゃないってことを、僕は知っている。肩に提げていた大きめのボストンバッグには、きっと着替えやらなにやらが詰まっているんだろう。

ひとまず僕は、寒い中やってきた妹に、温かい飲み物をいれてやることにした。部屋中に散乱している僕の衣服を彼女が丁寧に畳んでいる間に、僕はお湯を沸かしてマグカップに注《つ》ぎ、ココアの粉をたっぷり入れてかき混ぜた。彼女はこういう甘ったるい飲み物が大好きなんだ。

僕からココアを受けとった妹は、両手でカップを支えながらゆっくりとそれを飲んだ。僕はその様子をじっと眺めながら、次に自分が口にすべき言葉を考えていた。妹はじっとカップの中をのぞき込んでいた。

正直なところをいうと、僕は、彼女がどうしてここにやってきたのかなんて、別に知りたいとは思わなかった。だって、どうせ気の滅入るような話に決まっているんだ。それを聞いてやるのが兄のつとめだっていう人もいるかもしれないけど、僕にはそんな余裕は残っていなかった。自分の厄介事《やっかいごと》について考えるので精一杯で、とても他の厄介事に首を突っ込もうっていう気にはなれなかったんだ。

妹は、真っ先にここにきた理由を訊《たず》ねられると思っていたんだろう。僕から踏みこんだ質問が一つもこないことを、物足りなく感じているらしかった。

目が合う。「なにか訊いてこい」と訴える目だった。

僕はその重圧に耐えきれず、しぶしぶ聞いた。

「ホノカ、高校の冬休みはまだだよな？」

「うん。でも、あの家にいたくない」

そう妹は答えた。

なるほどね。

ようするに家出か、と僕は思ったけど、そういう風にはいわないでおいた。なんとなくだけど、家出っていう言葉をつかうと、妹が怒る気がしたんだ。二周目の妹って、そういう間の抜けた言葉を自分に適用されることを、ひどく嫌うんだよ。

それにしても意外だったな。家出なんて、あまりにも彼女らしくないと思った。たとえ家に不満があっても、家出のような無意味な行動に出る子じゃないはずなんだ。嫌《いや》なことがあっても、決してかっとなったりせず、対象と距離をおいて、最悪の時が過ぎるのをじっと待つ——そういうタイプの人間だったはずなんだよ、二周目の妹っていうのは。

よっぽどひどいことがあったんだろうか、と僕は少し不安になり、それから慌ててその考えを頭の奥にしまい込む。僕には関係ない、僕には関係ないと自分にいい聞かせる。もちろん関係ないなんてことはないんだけど、僕は自分の厄介事だけで精一杯なんだ。

「どうやってここまできたんだ?」と僕が訊ねると、妹は「どうだっていいでしょう?」と模範《もはん》解答をした。でもその通りだ。実際、どうだっていい。話題を肝心なところから逸《そ》らすために訊いただけだ。

「汚い部屋」と彼女は辺りを見回しながらいう。お得意の兄批判だ。「趣味も悪いし」

「嫌なら出てけばいい」と僕も模範解答を返す。

「嫌とはいってない」

「汚くて趣味が悪いけど、嫌じゃないってことか?」

「そうだよ。臭くて汚くて趣味が悪いけど、別に嫌とはいってない」

これが一周目の妹だったら、なにもいわずに掃除してくれた後、美味しい料理でも作ってくれたんだろうけど。

彼女にしたって、僕のところにはきたくなかったはずだ。僕同様に友人の少ない妹には、他にいく当てもなく、それでやむを得ずここに家出してきたんだろう。まだ冬休みも始まっていないだろうし、そんなに長く滞在されることはないだろうとは思うけど、邪魔《じゃま》なことには変わりない。一刻も早く出ていってくれないかな、と僕は思った。けれども強くいう勇気もなかった。

二周目の僕っていうのは、とことん臆病《おくびょう》なんだよ。そして二周目の妹っていうのは、ちょっと怖いんだ。いつだってぴりぴりしていて、静かに怒っているんだ。それは破裂しそうでしない風船みたいに、こっちの胃をきりきりと締《し》めあげるんだよ。

勝手に部屋の中を弄《いじ》り回されては敵《かな》わないから、僕は妹の分の布団をクローゼットからとりだして敷《し》いてやった。ちょうど風呂からあがり寝間着《ねまき》に着替え髪を乾かしてきたところだった妹は、布団とベッドを見比べ、二秒と迷わずにベッドに直行したな。もう完全に自分の部屋だと思ってやがるんだ。

しかたなく僕は布団にもぐり、それから妹に「いつまでここにいる気なんだ？」と訊いた。

「知らない」と彼女はいい、毛布をかぶった。

かくして、非常にぎすぎすした二人暮らしが始まったんだ。

27

翌朝の八時くらいに、妹は僕を揺り起した。

僕のことだから、眠っている間にすっかり妹の存在を忘れて、翌朝彼女が部屋にいることに驚くだろうと思っていたけど、案外そうでもなかった。意外としっかり、妹がそこにいるという状況に適応していたな。

目が三分の一くらいしか開いていない僕の顔を妹は醒《さ》めた目で見つめ、いった。

「この街の図書館に連れてって」

それからちょっと間をおいて、「今すぐに」と付け足した。

妹はとっくに出かける支度《したく》ができているようだった。彼女の私服姿を見るのは久しぶりだったな。ベッドに腰かけた妹は、グレーのカーディガンのポケットに手を突っ込み、ネイビーのショートパンツから伸びる脚をぱたぱたさせ、その動きに合わせて肩まで伸びた柔らかい髪がゆらゆら揺れていた。ただでさえ細い脚は、黒タイツを穿《は》くとプラスチックの作り物みたいだった。

僕はしぶしぶ布団から出て、物干しに掛けっぱなしで畳まれることのない服をハンガーから外して脇《わき》に抱え、洗面所にいった。洗面台の水は人をショック死させるに十分な冷たさだったけど、温まるまでには数分かかるから、僕はその冷水で洗顔を済ませ、手早く着替えをした。まったく、自分の部屋だってのに、どうしてこんな風にこそこそ着替えたりしないといけないんだろう?

大きなあくびが連続で出てきた。昨晩は妹に合わせて早目に布団に入ったけど、結局あんまり眠れなくてさ。ひきこもり気味の人間の多くがそうであるように、僕も昼夜逆転生活が当たり前になっていたものだから、一時に寝て八時に起こされるっていう健康的なスケジュールは、かなりしんどかった。

そもそもここ数年、僕の睡眠時間は一周目と比べると激増していて、十時間くらい眠らないと辛い体質になってしまっていた。いや、正確にいうと、体質が変わったというよりは、起きている時間が苦痛だから、それを削るために無意識のうちに睡眠時間を増やしているんだろうな。

見たい番組があったり、デートの約束なんかがあったりすると、人間、早く起きられるものじゃないか。早起きは人生をよくするっていうけど、僕からいわせてもらえば、人生がよい人は早起きをするというだけなんだな。

しかし、目覚し時計を三つかけても無意識に全部消してしまうような僕も、女の子に揺さぶられたりすると、やっぱりちゃんと目が覚めるものなんだ。相手が不仲の妹だろうと不登校児だろうと家出少女だろうと、その点については変わらないね。

なんだか久しぶりに人間的に目覚めた気がした。いつもは二度寝、三度寝が当たり前だったんだ。起きた後もベッドの上で本を読んだり携帯を弄ったりしていることが多かったから、細かく分ければ、普段の僕は朝起きてベッドから出るまでに十ばかしの段階を経る必要があった。だから今回、妹に起こされて一発でベッドから出られたという経験は、なかなかに貴重だったんだ。

十二月にもなっていないのに、空気の芯《しん》まで冷え切った感じは完全に真冬のそれだった。家を出るとき、ふと妹が薄着なことに気づいた僕は、引き返してモッズコートをとってきて妹に着せてやった。……こういう言い方をすると、まるで妹想《いもうとおも》いの兄みたいだけど、厳密にいえば、僕はできるだけ自分の非を減らしておきたいというだけなんだ。後で自分を責めるようなことになるのが怖い、っていうのが一番の動機なんだよ。

僕にコートを差しだされた妹は、「自分で着るよ」とでもいいたげにそれを僕から奪った。袖がちょっとだけ余っていたけど、細身のコートだったから、そんなに違和感はなかったね。

僕は高校のときからずっと着続けているピーコートを着て、ブーツの紐《ひも》をゆるく結び、ドアを開けて外に出た。冷たい風が肌を撫でて、ものの数秒で僕は震えだす。車に乗り込むと、僕はヒーターの出力を最大にして、妹と二人で震えながら車内が暖まるのを待った。

28

ミニ・クーパーの助手席に乗った妹の第一声は「煙草くさい」だったけど、それは僕のせいじゃないんだ。もともとこの車は父親が趣味で乗っていたもので、僕が受けとったときからずっと煙草くさいんだよ。

その後、後部座席を見た妹が「きたない」といったけど、これに関しては百パーセント僕の責任だ。大学の講義《こうぎ》で使った資料や教科書、ペットボトルや弁当の空き箱の入ったコンビニの袋、それに脱ぎっぱなしのジャケットや運動靴なんかが後部座席に散乱していた。

尾行のために車の中にいる時間が長いというのもあるけど、一番の問題は、僕以外の人間がこの車に乗る機会がないということなんだと思うよ。頻繁に誰かを乗せるようなら、僕だって車内を綺麗に保っていたと思う。お洒落《しゃれ》になりたかったら人前に出る仕事をしろ、っていうのと同じことでさ。

「くさいし、きたない」と妹は繰り返した。「持ち主の性格がわかるね」

「そいつはすごい」と僕はいっておいた。

でも確かに、部屋や車の散らかり具合には、持ち主の精神状態が反映されているといっていいと思う。つまりね、プラス五十の生活であれば、些細なことにも気を配ることでプラス五十一にしたくなるけど、マイナス五十の生活をがんばってマイナス四十九にしたところで、あんまり意味があるとは思えないんだな。

午前九時の空は陰鬱《いんうつ》で、辺りは薄い霧《きり》に覆われていた。図書館へ向かう最中も妹は文句をいい通しで、僕のコートが煙草くさいとか、なにか音楽は流さないのかとか、好き勝手いっていた。でも、手元にあったCDを流したところで、それはそれで文句をいわれただろうな。妹を納得させたかったら、シガー・ロスとかムームとかそういった方面の音楽を流すしかないんだけど、あいにく僕はその手のCDはまったく持っていないんだ。

僕が妹の言葉に反応を示さずにいると、「人の話はちゃんと聞きなさい」とティッシュの箱でたたかれた。やれやれ、彼女がこういう風に横柄《おうへい》に振る舞うのは、僕を前にしたときだけなんだ。内弁慶《うちべんけい》っていうか、兄弁慶っていうかさ。

市立の図書館に到着する。建物を見た妹は「小さい」いったけど、これは僕に対する文句ではないので別にいいや。

以前一度、大学の課題で調《しら》べものをした際に利用したことがあったので、利用者カードは作成済みだった。「好きに本を選んできなよ」と僕がいうと、妹もこのときばかりは「うん」と素直にうなずき、本棚の奥へ消えていった。

僕も僕で、個人的に気になっていた本を捜した。狭い階段をのぼった先にある中二階では、一歩足を踏みだすごとに床がぎしぎし鳴った。壁際《かべぎわ》の本棚の隙間《すきま》に置かれた椅子に座って、分厚い本を読んでいる若い女の子がいたけど、最初僕はそういうオブジェかと勘違いしてじろじろ見つめてしまった。向こうがちらっとこちらを気にするのを見て、僕はようやくそれが生身の人だと気づいて、慌ててそこを離れた。

本を借りるとき、返却予定日の書かれたカレンダーを見て、その日が水曜日であることを僕は初めて知った。予定のない日々を送っていると、曜日感覚が大雑把《おおざっぱ》になり、平日と休日にしか区別できなくなる。これがさらにひどくなると、完全に曜日というものを忘れてしまう。

水曜日ということは、今頃、あの講義が始まっている頃だな——と僕は考える。今日で五回目の欠席だ。まあいい。それにしても、平日の朝っぱらから図書館に大学生と高校生の兄妹がいるっていうのは、かなり不思議な感じだ。図書館にいるのは老人ばかりだったけど、彼らの目に、僕らはどう映っているんだろう？

三十分ほどして妹を捜しにいくと、あいかわらず本棚と向きあっている最中だった。

っていた。

「まだかな?」と訊いてみたら、「しゃべるな」と本の角でたたかれた。二周目の妹ってのは、いつもこんな感じなんだよ。一周目の妹だったら、「お願い、もう少しだけ待って」とかいうところだったんだろうけどさ。

それから二十分くらい待って、ようやく僕は図書館を出ることができた。妹は僕の部屋で一日中本を読んで過ごすつもりらしかった。部屋に戻ると、妹はベッドに座っ壁にもたれ、辞書くらいもある分厚い本に視線を落とした。本当に変わっちまったよなあ、と僕は思う。でも、その姿はその姿で、案外様になって

放っておいても大丈夫そうだったので、僕がそっと家を出ていこうとすると、妹は顔をあげて、「お兄ちゃん、どこいくの? 大学?」と訊いてきた。

「殺害したい相手の生活パターンを知りたいから、尾行しにいくんだ」と言うわけにもいかないから、僕は「そう、大学だよ。七時には帰る」と答えておいた。

「ふうん」と妹はうさんくさそうにいった。「それにしても……なんか楽しそうだね。これから会いにいくのは、どんな人なの?」

実に的確に、僕が訊かれたくないことを訊いてくるんだよな。

「大学の友人だよ。先月の大学祭で親しくなったんだ」と僕はしゃべりながら考える。

こういうときは、部分的には真実を含めながら嘘をつくのがいいんだ。「あんなに気の合う人は初めてでさ。お互いの考えていることが手にとるようにわかるんだ。そういう相手が一人でもいるってのは、いいもんだよ。うん、親友ってやつだな」

「そっか。少なくともお兄ちゃんは、相手のことをそう思っているわけね？」

いやあ、最低限の物言いにして、最高に嫌な言い方だよね。

「そうだね。少なくとも僕は、彼のことを親友だと思っている」

それにしても意外だったたな。僕がどこへいってなにをしようと、妹は気にも留めないだろうと思っていたから。あの妹でも会話に飢《う》えたりするんだろうか？　あるいは、僕がいない間に、なにか人にいえないようなことでもするつもりなのかもしれない。

まあ、なんにせよ、僕の知ったことじゃない。

好きにやらせておけばいいんだ。僕は僕でやることがあるんだから。

29

ドッペルゲンガーの問題について、僕は今年中《ことしじゅう》には決着をつけたいと考えていた。

こういったことはあんまり先延ばしにしすぎると、どんどん実行が難しくなっていく。

それに、十二月までにトキワを殺すことに成功すれば、彼らが共にクリスマスを過ごしたり新年を迎えたりということもなくなるからね。このままいけば、そういうめでたい日を迎えるたびに、一周目の自分がツグミとしていたことを思い出して、憂鬱《ゆううつ》の病に襲われるに違いない。それは避けられるものなら避けたかったんだ。

そして、それは決して不可能な話ではなかった。この頃になると、日々の尾行の成果もあって、僕はトキワの行動様式を大体把握していた。実をいうと、とっくに計画を実行に移してもいい頃合だったんだ。

これまでに僕は少なくとも三回、ほとんどリスクなしで彼を殺害する機会を見逃してしまっていた。トキワは僕の想像通り、趣味が僕と非常に似ていてさ。高いところからの眺めが好きで、橋の上から川を眺めたり、切り立った道路の上から夜の住宅街を見下ろしたりといった行動に出ることが多かったんだ。

僕からすれば、殺してくれっていわれているようなもんだったな。ここにきて、神は僕を味方しているのかもしれない、と思った。それでも中々計画を実行に移せずにいたのは、やっぱり、いざとなると踏ん切りがつかなかったからだと思う。

というのも、僕は彼を尾行するにあたって、行動様式を知る他にもう一つ目的があったんだ。それは、「トキワの短所を見つける」ということ。

つまり僕は、彼が欠点を晒《さら》してくれるのを待っていたんだな。僕は自身の行為を正当化するために、トキワが死ぬべき人間である理由を、なんとかしてでっちあげたかったんだ。彼を殺すに値する理由が、ほんの少しでも見つかれば、って思っていたんだよ。

ところが困ったことにだね、一か月に亘《わた》ってあら探しを続けても、彼は短所らしい短所をまったく見せてくれなかった。欠点のなさが嫌味になっている、ということもなかった。

本人が意識していたのかどうか知らないけど、トキワは、自分の見せ方というものを心得ているようだったな。トキワの主たる武器は、どんな人の警戒も一瞬で解いてしまう洗練された微笑と、いつまでも聴いていたくなるような倍音豊かな声なんだけど、彼はあえて、それを普段は抑え気味にしていたんだ。

そしてここぞというとき、それを集中的に使って、周りに深く印象づけるんだな。当然、誰もがそれに注目する。でも彼は決して、そうした魅力に慣《な》れる時間を与えないんだ。その前に引っ込めてしまう。すると周りは勝手に想像を膨《ふく》らませて、彼の魅力をいささか過大に評価し始めるんだ。

実に見事なもんだったな。誰の目にも明らかな魅力っていうのは、それを常に晒し続けるより、ときどき思い出したように見せる程度がちょうどいいんだってことを、僕は彼を見て学んだね。まあ、隠すような魅力もない人には無用なテクニックなんだけど。

認めたかないけど、大したやつだったよ。彼に対して負の感情を持っている僕でさえこの評価なんだから、そうでない人の目には、さぞトキワは魅力的な人物に映っただろうね。

30

結局その日もなにもしないまま、僕はアパートに戻った。ドアを開けると、妹が作ったらしい夕食の匂いがする——というのが理想だったんだけど、実際は「お腹《なか》すいた、なにか作って」といわれただけだった。そして「今すぐに」と付け足された。

僕は基本的に調理というものをあまりしない人間だったから、冷蔵庫からアップルパイをとりだしてトースターで軽く焦げ目をつけ、それにバニラアイスクリームを添えて出した。

妹はアップルパイを見て、「野菜は？」と僕に訊いた。「ないよ」と僕が答えると、しばらく経ってから、「よくないね」と妹がいった。本当は「ばかじゃないの」とかいいたかったみたいだけど、居候《いそうろう》の身として、一応の遠慮はあるみたいだったな。食後のコーヒーを飲み終えると、妹は僕の顔をじっと見つめた。「なにか話したいけど、こっちからは話しかけたくない」とでもいいたげな目だった。

だから僕は訊いてやった。「どうかしたの？」

「お兄ちゃん、恋人いないの？」

突然なにを訊くんだろうと思ったな。

「いないよ。残念ながら」

「……失礼だけど、お兄ちゃん、昔からずっと恋人いないよね？」

一周目は理想的な恋人がいたんだけどね、といいたくなる。

「そうだね。ずっと、いない」

「どうして？」

どうして、って。そりゃ、恋人ができない人間への訊き方としては、一番よくないやつだね。

二周目の僕からすれば、どうして皆、あんなに次々と恋人ができるのか不思議でしかたなかったな。一周目は常に理想の女の子が隣にいたから特になんとも思わなかったけど、よくもまあ皆、自分にぴったしの異性を見つけてくるもんだと感心しちゃうね。

僕としては、恋人がいない人間より、恋人がいる人間の方がよっぽど不思議だよ。素直に尊敬する一方で、「本当にそれ、大丈夫なの？」といいたくもなる。よけいなお世話だろうけどさ、だって、本当に人と人が意気投合するなんて瞬間、一生を通じても、そうそうあるもんじゃないと思うんだよ。

仮にそんなことが頻繁に起こる人がたくさんいるんだとしたら、そいつらはもしかしたら、ある意味じゃ、からっぽの人間なんじゃないかな。生きていく中で価値観を形成していくことを、絵を描く行為にたとえるとしてさ。別々の人間がそれぞれに好き勝手絵を描いて、その絵が完全に一致することがあるとすれば、それは、二人とも白紙の場合のみだと思うんだよ。あるいは想像力に欠けた、極端に平凡な絵を描いたときか。

もちろん、僕みたいな立場の人間がこんなことをいっても、説得力ゼロだ。ただの愚痴《ぐち》みたいなもんさ。ひとりぼっちの自己分析家、自分のこと以外考えることがない暇人のたわごとだね。

さて、妹の「どうして？」という質問に戻るけど、二周目の僕に恋人ができない一番の理由は、「僕にとっての恋人はツグミの他に考えられないから」というものなんだよな。でも、そんなこと、妹にいったところでどうしようもない。

「どうして、っていわれてもなあ」と僕はいった。

「だって、お兄ちゃん、これまで気になる女の子とかいなかったの？」

僕は首を横にふった。

「一人だって思いつけない、ってこと？」

「まあ、そういうことになるね」

「じゃあ、せめて、気の合う女の子はいなかったの？」

気の合う女の子、か。

それについては、ちょっと思い当るところがあった。

ただ、おそらく、妹が期待しているような「気の合う女の子」とは、大分意味が異なるんだろうけどね。

31

話は、僕が一番惨めな生き物だった、高校時代にさかのぼる。

誇張抜きに、二周目の僕は、高校に友人が一人もいなかった。クラスメイト全員から嫌われていたってわけではない。問題は、僕のつまらないプライドにあったんだ。こんなことをいったら笑われるかもしれないけど、僕は、友人ってのは、向こうから勝手にやってくるもんだと思っていた。傲慢《ごうまん》さとか甘えとかとは関係なくて、そもそも自分から人に話しかけるっていう発想がなかったんだな。

一周目の悪《あ》しき影響さ。かつての僕は人気者すぎたんだ。

もちろん、いくら僕が鈍《にぶ》いからって、「自分から話しかけなきゃ友達はできない」ってことにいつまでも気づかなかったわけじゃない。そしてそれに気づいたとき、僕にはまだチャンスが残されていた。少なくとも教室のすみで細々と生きている連中は、僕の方から声をかけさえすればすんなり僕のことを友人として受け入れてくれそうに見えたな。

けれども僕が彼らに声をかけることは、結局なかった。なぜかって？　そりゃ、プライドってもんがあったからさ。実にくだらない話だと思うよ、自分でも。しかし、僕の方からあんな冴《さ》えないやつらに話しかけるなんて、死んでもごめんだった。

こういっちゃあなんだけど、僕は自分のことを、あいかわらず美男子だと思い込んでいたところがあった。……いや、実をいうと、今もその思い込みに変わりはないいんだ。それが事実かどうかはさておき、そう思っていることで、ずいぶん救われるもんだよ。

それに、誰も愛してくれないなら、せめて僕くらいは僕を愛してやらなきゃね。まあとにかく、そんな風に美男子である僕の方から、あんな冴えないやつらに話しかけてやらなきゃいけないなんて、不公平だと思ったんだよ。向こうからしたら、僕はその冴えないやつら以上に冴えないやつなんだろうけどさ。

32

君も経験してみれば分かるだろうけど、友人が一人もいない高校生活っていうのは、率直にいって地獄《じごく》だよ。それに比べたら、大学生活でひとりぼっちなことなんてなんの問題にもならない。

これはよくいわれていることだけど、孤独は慣れの問題で、でも、孤立は慣れだけじゃどうにもならないんだ。休日を一人きりで過ごすようなことであれば何日だろうと問題なく耐えられるんだけど、周りの連中が親密に結びつきあっているのに、その中で僕一人だけが孤立していることは、どんなに感覚を麻痺させても気になっちまうもんだった。

それで、僕がそういった惨めな状況をどうやって耐え忍んでいたかというと——これがまた、非常に冴えないやり方なんだな。

教室の中には、僕の他にもう一人、僕と同じように孤立している人間がいた。ヒイラギ、って女の子なんだけどさ。彼女もまた、高校に友人が一人もいないんだ。いっつも「私はこの世界にもうなに一つ期待していません」とでもいいたげな目をして、不本意そうに学校生活を送っている子。それがヒイラギだった。

どちらかといえば小柄な方で、傷つきやすそうな目の持主だったな。目線はいつも下を向いていて、たまに人と目を合わせなきゃならないとき、彼女はまるで相手を睨《にら》みつけるように見た。それで、いかにも自信のなさそうな弱々しい声で、非常に区切りの多い話し方をするんだ。「私は、それで、いいと思う。……うん、問題、ないんじゃないかな」といった感じにね。

とにかく平凡で当たり障りのない言葉を探しながら慎重にしゃべっているようだったけど、おかげで周りからは面倒《めんどう》なやつだと思われていたみたいだったね。そういう僕は、あまりに手際よくしゃべってしまうためにぶっきらぼうな印象を与えるタイプだった。一見二人は正反対なようだけど、根っこは一緒なんだろうな。

ヒイラギと僕は中学も一緒だったんだけど、僕と同様、彼女も中学時代は決してひとりぼっちじゃなかったんだ。高校に入って、周りに知り合いがいなくなった途端に孤立する、例のパターンさ。

なんだかんだいって、僕は教室にいる間、自分が孤立していることに、ひどく引け目を感じていたんだ。そして、そういう思いを強く感じたとき、僕はヒイラギのことを見るようにしていた。

ひとりぼっち仲間のヒイラギ。教室のすみにひとりぼっちでいる彼女の姿は、僕にとって、大きな慰《なぐさ》めになったな。少なくともこの教室で孤立しているのは僕だけじゃない、そう思えるだけでも結構救われたんだ。

いや、それどころじゃないな。実をいうと僕は、ヒイラギがいるおかげで、この教室における立場が最下位にならずに済んでいると思い込んでいたところがあった。「僕の立場は悲惨なものだけど、それでも、あの子よりはましだ」って思うことで、精神の安定を保っていたんだ。情けない方法だよね。

しかし――これは僕の勝手な思い込みかもしれないけど、どうやら向こうも同様に、僕のことを精神安定剤として利用していたようだった。教室移動や行事の準備のときなど、強く孤立を意識させられるような場面で、僕とヒイラギはやたら目が合った。

きっとヒイラギも、僕を自分より一つ下の人間と見なして、それを慰めにしていたんじゃないかな。少なくとも、僕を見て、「ああ、あの人も孤立してる」ってことを確かめて安心しているのは間違いなさそうだった。

そういう意味では、僕らは意気投合していたといっていいと思う。ひどくひねくれた形での意気投合だけどさ。お互いがお互いにとって、たった一人のスケープ・ゴートだったんだ。僕は彼女を見て、「彼女は僕とよく似た立場にあるけど、男の孤立より、女の孤立の方が悲惨だよな」と思うことで彼女を見下《みくだ》していたし、彼女は僕を見て、「彼は私とよく似た立場にあるけど、学力という取り柄がある分、私の方がまだいいんだろうな」と思うことで僕を見下していた……といった具合にさ。

被害妄想だと思われるかもしれないけど、君も一度彼女の目を見れば、僕のいうことがわかっただろうと思うよ。あれは露骨に人を見下している目だったね。僕も自分の目がそんな感じだから、よくわかるんだ。

一年生の頃、まだひとりぼっちでいることに慣れていなかった僕は、昼休みになると逃げ込むように図書館にいって勉強をして時間を潰《つぶ》したものだったけど、ヒイラギもまたよくそうしていたものだから、僕らは頻繁にそこで顔を合わせることになった。別に挨拶《あいさつ》とかはしなかったけど、お互いに存在を意識しているのは確かだったな。

数か月に一度訪れる、ひどく落ち込む時期には、具合が悪いわけでもないのに保健室にいって午後の授業を丸々休むことがあったんだけど、三回に一回くらいはヒイラギとそのタイミングがかぶってさ。まるで申しあわせて授業をサボったような感じになって、気まずかったな。まあ、僕らが休みたくなるような授業って、大体一緒だろうからね、そうなるのも無理はないよ。

しかも、二年生になってから僕とヒイラギの関係はさらに近づいてね。担任のよけいな計らいで席替えのシステムが変わってしまって、生徒は籤《くじ》を引くか自分で自由に席を選ぶか、選択できるようになったんだ。ただし、自由に席を選ぶ場合、最後尾の席は選択できないっていう制限があった。

自然、最後尾の列に並ぶのは、特に席にこだわりのない人間ということになる。友人のいない人間っていうのは基本的に、すみっこでさえあれば席はどこでもいいんだ。だから僕とヒイラギはしょっちゅう隣同士になってさ。二年生と三年生を合わせて、合計で十回近くそうなったんじゃないかな。

周りも段々と僕らをセットで扱うようになってきて、僕は「おいおい、こいつと一緒にされちゃ困る」と心外に思ったもんだったな。とはいえヒイラギの隣は、気楽といえば気楽だった。たとえば古文や英語《えいご》の授業なんかで、よく隣同士で読み合いをさせられるだろう？　僕はあれが苦痛でしかたなかったんだけど、ヒイラギが相手だと緊張せずに済んだ。

他の人が相手だと、自分の声がひっくり返るんじゃないかとか、必要以上にぶっきらぼうな態度をとってしまうんじゃないかとか、相手は自分とペアを組まされることに不満を感じているんじゃないかとか、よけいなことを考えてしまうんだけどね。ヒイラギを相手にしているときだけは、僕は自分を棚に上げて、「やれやれ、今日もこの子は不愛想だな」なんて呆れる側に立つことができたんだ。

癒しってものの根底には、「相手が絶対に自分のことを傷つけない」という安心感があるじゃないか。そういった意味では、僕にとってヒイラギは、この上ない癒しだったね。

33

こんなことをいうと、君は僕のことを、思い込みの強い自意識過剰野郎だと思うかもしれない。それを承知の上でいうけど——どっちかがその気になれば、僕とヒイラギは肩を寄せあって生きていくこともできたんだと、僕は思っている。

三年生になる頃には、僕らは特に示しあわせたわけでもないのに、同じ委員会や同じ係を選ぶようになっていた。席替えも、できる限り隣同士になるようにしていたな。困ったときは互いを利用しあおう、という暗黙《あんもく》の了解ができあがっていたんだ。「別に仲よくしてくれなくてもいいから、隣に誰か必要なとき、傍《そば》にいさせてください」、とでもいうのかな。いや、これじゃあちょっと、美化しすぎというものだね。「そっちもどうせ一人なんだろう？　惨めな者同士、お互い利用しあおうじゃないか」の方が近いかもしれない。なんにせよ、「とにかく、この人だけは、自分をさしおいてひとりぼっちを脱したりはしないだろう」――そういう、歪んだ信頼関係が僕らの間にはあったんだ。

僕らはいつしか互いに、好意とまではいかないけど、深い共感のようなものを抱きあっていたんだと思う。そうじゃなきゃ、ひとりぼっちにならないためとはいえ、こんなにずっと一緒にいられるはずがないんだ。

僕とヒイラギの共通点は、ただ孤立しているということだけじゃなかった。孤立の質もかなり似通っていたんだ。……思うにね、僕らが教室に馴染めなかった理由というのは、僕らが、「ここではないどこか」に思いを巡らせていたせいなんだ。「ここよりもっと素晴《すば》らしい場所が、どこかにある」っていう考えは、「ここ」に適応する上で、大きな妨げになるんだ。

僕は常に一周目の幸せだった日々のことばかり考えていた。そのせいで、目の前の景色が本来以上にくすんで見えて、今いる「ここ」に愛着を持てなかったんだ。そしてヒイラギも、おそらくは僕と似たような考えを持っていた——だって、そうじゃなきゃ、あの子が孤立するわけはないんだ。

彼女の笑顔を見たことがある人間っていうのはかなりめずらしいと思うんだけど、僕はその数少ないうちの一人だった。三年の後半にもなると、ほんのちょっとだけ僕らの間には打ち解けた雰囲気が生まれ始めていて、それで僕は一回だけ、偶然にも彼女の笑顔を目撃することができたんだ。

惜しいなあ、と僕は思ったな。あの笑顔をしょっちゅう振りまいていれば、彼女はこの教室の中心人物になることも、決して難しくはなかっただろう。それくらい魅力的な笑顔だったんだ。初めてそれを見たとき、僕は、冗談抜きでびっくりしたんだよ。おいおい、そんなにかわいかったのかよ、ってさ。

34

ヒイラギの笑顔を僕が見ることができたのは、高校三年の冬、卒業式の予行があった日のことだ。逆にいうと、それまで三年間、僕は一度も彼女の笑顔らしい笑顔を見たことがなかったということになる。

卒業式。僕にとっては、感動的な式典とはいいがたかったな。

この高校を去ることが悲しいというわけではなかったし、かといって、死ぬほど嬉しいというわけでもなかった。ぼんやりと、「ああ、くだんない三年間だったなあ」と思っただけだった。ここまで自分の通っていた学校に思い入れがないと、自分が本当にこの高校に属していたかどうかさえ、あやふやに感じられたな。

そんなことを考えているうちに、僕は段々と予行に出たくなくなってきてさ。皆が体育館に向かう中、そっと列を抜けだして、音楽準備室へ向かったんだ。

そこは基本的に鍵《かぎ》が開けっ放しなんだ。三年生になってからは、よくそこで昼休みを潰したもんだった。僕はそこで卒業式の予行が終わるのを待つことにした。いくら存在感の薄い僕とはいえ、こんな重要な行事を無断欠席すれば、皆に気づかれるに決まっている。

でも、今さら誰になんと思われようと、僕は構わなかった。どうせもうすぐ卒業なんだからね。

音楽準備室は昼間でも薄暗く、中に入ってドアを閉めてしまうと、目が慣れるまでに時間がかかった。そういうのも含めて、僕はその空間が好きだったんだ。第一線を退いた楽器たちが朽《く》ち果てている感じも最高だった。「もう使えないけど、捨てるにはもったいない」みたいな楽器が、そこにはたくさん放置されていたんだ。

アップライトの椅子に腰かけて、鍵盤《けんばん》の蓋の上に肘《ひじ》をついて、ぼうっとしていた。

視界の端のヒイラギに気づくまでは、五分ばかしかかったな。

僕とヒイラギの目が合ったとき、どちらが先に微笑んだかは、ちょっと覚えていない。普段は仏頂面《ぶっちょうづら》をつらぬいている僕らだけど、なぜだかそのときは、笑わずにはいられなかったんだ。卒業式を前にしてなんにも感じられない人間が自分一人ではないということを知ったことで安心してしまって、さらに、そんなことに救いを見いだしている自分のことが滑稽《こっけい》に思えて、それで笑ってしまったんだろうな。

失われてしまったなにかの残骸《ざんがい》。ヒイラギの笑顔は僕に、そんなイメージを植えつけていった。そこには昔、狂おしいほど素敵ななにかがあって、今やそれは完全に破壊し尽くされてしまったけど、彼女はその残骸を大事にしている——そんなイメージ。

とはいえ、結局僕らは、一度笑顔を交わしたきり、あとは目も合わせず、それぞれ好きなことをしていた。僕は一弦のない塗装の剝《は》がれたクラシックギターをたどたどしい手つきで弄り、彼女は日焼けした電子オルガンのボリュームを絞って弾いていた。

ヒイラギが慣れた様子で楽器を弾く姿を見て、けれども僕は驚かなかった。放課後、どこの部活にも所属していない僕は、よく高校の近くの中古CDショップに寄っていたんだけど、気になったCDを手にとってジャケットを眺めている僕の背後に、同じようにCDを手にとってジャケットを見つめているヒイラギがいる——なんてことはしょっちゅうだったからね。棚同士の間隔が狭い店だったから、よく道を譲《ゆず》りあったもんだったな。そのときだって一言も口はきかなかったけど。

僕はオルガンを弾くヒイラギに目をやる。顔は見えなかったけど、彼女が教室にいるときよりも少しだけ穏やかな表情をしているのは、背中を見ただけでわかった。

そのとき、ちょっとだけ温かい気分になってしまったことは、認めざるを得ないな。

ここまできたら、僕とヒイラギが仲よくなることは必然だと、君は思うだろうね。

しかし、さっきもいった通り、結局最後まで、僕とヒイラギが個人的な会話を交わすことは一度もなかった。

どうして僕らは、最後までこの距離を維持し続けなきゃならなかったんだろう、と僕は考えた。僕の方に関していえば、きっとそれは、人間不信の一言で片付けられてしまう話なんだと思う。

といっても、ヒイラギのことを信用していないわけじゃない。僕が信用していないのは、「人の好意」の不変性だった。一周目であんなに愛しあっていたツグミが、僕から離れていったこと。あれで全部、駄目《だめ》になってしまったんだ。

どんなに通じあっている相手でも、いつかは自分から離れていくかもしれない。そう考えると、僕は誰かと親密に結びつきあうことが怖くなったんだ。気のあいそうな相手ほど、裏切りの失望への恐怖も増した。だからヒイラギとは、付かず離れずの距離を保つことにしたんだ。

離婚したくなければ結婚しなければいい、みたいな馬鹿げた話さ。でも他にしようがなかったんだ。僕らにとっては、くっついたりせずに、互いに少し離れたところからお互いを見下しているっていう関係がベストだったんだと思うよ。

その後は、予行をサボる不届き者を叱《しか》りにきた教師に、二人揃ってしぼられたことを覚えている。卒業が近いからってなにをしてもいいと思っているのか、そんなんで大学生活をやっていけるのか、うんぬん。

僕は黙《だま》ってうつむきながら、ひょっとしたらこの教師は僕とヒイラギがロマンチックな関係にあるんじゃないかと勘違いしているんじゃないかと考えて、勝手に照れていた。ヒイラギの表情もそんな感じだったな。

最後まで馬鹿馬鹿しい高校生活だったよ。

翌日の卒業式、僕とヒイラギは、挨拶が終わるなり教室を出た。そんなに早く教室を去るのは僕らくらいだったから、廊下には僕とヒイラギの二人しかいなくて、そこでやっぱり目が合った。

彼女の口が、「じゃあね」、と動いた気がした。

ヒイラギとの思い出は、大体そんなところだ。気の合う女の子がいなかったわけじゃないという、それだけの話さ。

35

『じゃあ、せめて、気の合う女の子はいなかったの？』という妹の問いに、僕は結局答えなかった。こういう言い方で伝わるのかどうか、わからないけど——ある種の主観的な思い出って、誰かに話した途端、そこにあったはずの魔法が失われてしまうんだ。それが僕は嫌だった。

もし本当にその魔法を定着させたかったら、言葉を丁寧に選んで、なに一つ間違えないように、慎重に慎重に語らなきゃいけない。でも当時の僕にはそれをするだけの力がなかったから、口をつぐむしかなかったんだ。まあ、それを抜きにしたって、ヒイラギについて話そうと思ったら、自分の惨めな高校生活に触れなきゃいけないから、あんまり気が進まないんだけどね。

夕食を終えた僕と妹は、並んでベッドに腰掛け、図書館で借りてきた本を読んでいた。お互いあんまり近くにいるのは気まずかったんだけど、この部屋で一番本を読むのに向いているのがそこだから、しかたないんだな。

妹がテレビのコンセントを抜いていたから、聞こえるのは、二人が時々ページを捲《めく》る音と、ヒーターが熱風を吐きだす音くらいだったな。幸いなことに、このアパートの住人は皆、僕と同等かそれ以上に物音を立てずに暮らしている。神経過敏な僕としてはありがたいことだった。

そのとき僕が読んでいたのは、ドッペルゲンガーについて書かれた本だ。

それによると、ドッペルゲンガーとは、以下のような特徴を持つらしい。

・周囲の人間と会話をしない。

・本人に関係のある場所に出現する。
・ドッペルゲンガーに出会った本人は死んでしまい、ドッペルゲンガーがオリジナルになってしまう。
ちょっと考えればわかることだけど、これらの特徴、どちらかというとすべて、トキワより僕に当てはまるんだよな。

友人のいない僕はめったに人と会話しないし、同じ大学に通う僕らは出現場所が似ているし、死ぬとしたら彼の方だし（僕が殺すからね）、向こうの方が見た目も中身も一周目の僕に近い。

まったく、これじゃあまるで、彼が本物で、僕の方がドッペルゲンガーみたいじゃないか。

本から顔を上げると、視界のすみで、妹がちらちらとこっちを盗み見ているのがわかった。僕がなにを読んでいるのか気にしているんだろうね。あんまり本を読むってキャラクターじゃなかったから、珍しいんだろう。

「なに読んでるの？」と僕は妹に訊いてみた。

「……いっても、わからないと思うよ」

そう妹はいった。癇《かん》に障る言い方だけど、事実なんだ。僕は彼女の読んでいる本の表紙をのぞきこんだけど、聞いたこともない作家の本だったな。

それにしても、さっきの質問はなんだったんだろう、と僕は思った。恋人がいないのかどうかとか、気になる人はいないのかとか。

よくよく考えてみれば、彼女が僕にそういう質問をするっていうのは、かなり奇妙な話だった。二周目の妹は、兄の恋愛事情を気にしたりするような子ではないはずなんだよ。むしろ、話題がそういったことに及ぶと黙り込むような子のはずなんだ。

「さっきの質問は、結局なんだったんだい？」

僕は本に目を落としたまま、妹にそう訊いた。

妹は質問に答える代わりに、今度はこう訊いてきた。

「お兄ちゃんって、友達いるの？」

顔をこちらに向けて、脚を崩した格好で妹はいった。「『先月大学祭で仲よくなった友人さん』はおいといてさ。それ以外に、家に呼ぶような友達とか、いないの？」

耳の痛い質問だったな。察してくれよ、触れないでくれって感じだった。しかも、その話し方からいって、妹は僕のいう「大学祭で仲よくなった気心知れる友人」が嘘っぱちであることをわかっているみたいなんだ。いやあ、実にげんなりしたな。

「家に呼ぶような友達は、いないいな」

そう僕は答えたけど、これじゃあまるで、家に呼ぶほどの仲ではないが一応友達はいる、みたいな言い方だよな。

しかも妹は、一番訊かれたくないその点について、さらに突っ込んでくるんだ。

「家に呼ばない程度の友達ならいるってこと？」

こうなると、僕も正直に答えざるを得ない。

「いや、いない。恥ずかしい話、一人もいないんだよ、友達ってやつが。……大学祭で仲よくなった友人、ってのも嘘だ。うん、最初からこう答えればよかったな」

きっと妹は馬鹿にしてくるだろう、って僕は予想していたんだ。痛烈な一言を浴びせてくるんだとばかり思っていた。「そんなんでこの先社会でやっていけるの？」とか、「どうして自分に友達ができないのかわかってる？」とか。

ところが、妹の口から出てきた言葉は、蔑《さげす》みでも罵《ののし》りでもなかったんだ。

「そっか。じゃあ、私とおんなじだね」

それだけいうと、妹はまた自分の本に戻った。

妹に友人がいない、というのはある程度予想できていたことだったけど、こんな風にさらりと打ち明けられるのは予想外の事態だった。正直、僕は困惑したな。なんて返事をしたものか必死に思案した。だって、二周目の妹が僕にそんなことを話すなんて、おかしいんだ。なにか重要な意味があるに決まっている。

彼女は事もなげにそれを口にしたけど、実際はかなりの勇気が要《い》ったはずなんだ。本来彼女は自分の弱みを見せたがらない子なんだよ。僕が「ホノカの方こそ、友達いるの？」なんて訊いたら、普段の彼女なら、「お兄ちゃんがそれを知ってなんになるの？」とか、そういう返答をするところだ。

でも、僕がなにか気の利いたことをいう前に、妹は本に栞《しおり》を挟んで、もそもそと毛布に潜ってしまった。「寝るから」といって僕をベッドから追い払うと、頭まで毛布をかぶって、それきりだった。怒っているようにも見えたし、落ち込んでいるようにも見えたな。

三十分ほどして、妹が寝入ったのを確認すると、僕は外に出て、街灯の下でがたがた震えながら煙草を一本吸った。普通に吐いた息さえ白くて、煙草の煙と区別がつかなかったな。

僕は妹の言葉を思い返した。

ひょっとすると妹は、寂しさのあまり僕のアパートを訪れたのかもしれないな、と僕は思った。そういうかわいげのあるやつではないとも思う。でも、一周目の妹ならそういう動機で僕のところにきても不思議じゃない。そして一周目の妹も二周目の妹も、元が同じ人間であることには変わりないんだ。

友達、か。

最後の一口を吸って、僕は煙草を消す。吐いた煙は二メートルほど上空をいつまでも漂っていた。

36

はっきりとした記憶ではないけど、一周目の僕は社交的な人間で、今の僕からは考えられないいくらい多くの友人がいた。少なくとも同じ学部の連中、同じサークルの連中なんかとは、ほとんど皆と仲よくしていたと思う。そして当時の僕は、そうした友人たちが皆、癖こそあれ、それぞれによいところを持ったやつに見えていたんだ。

でも、今となって、少し離れた場所から見ていると、どいつもこいつも、ろくでなしのように見えたな。その大部分が、いけ好かない人間に見えた。

自分と関係のある人間がいいやつに見えて、関係のない人間が嫌なやつに見えるってのは、当然なんだけどさ。変な話、そういうことに僕は慰められたんだよ。「ああ、少なくとも、一周目の僕は、すべてにおいて恵まれていたわけじゃなかったんだ」って思うと、ちょっとだけ救われたんだ。

惨めな話だよ、そんなことに喜びを感じるなんて。

一周目の僕は、大学の友人が、本当に全員いいやつなんだと思い込んでいたんだ。「自分はなんて幸運なんだ、こんなにいい人たちに囲まれて大学生活を送れるなんて」とか、本気で思っていた。ところが二周目の僕からいわせれば、どいつもこいつも、それぞれに下司《げす》なところを持った人間なんだ。一見優しそうに見えるやつが利己心の塊だったり、謙虚《けんきょ》に見えるやつが自己顕示欲の塊だったりね。

ただ、だからといって、一周目の僕が彼らを「いい人」だと思っていたことが、まったくの勘違いだったとも思わないんだよな。自分の人生がうまくいっていないときって、物事の悪い面ばっかり見えるから、彼らの悪いところばっかりに目がいっていた――というのも、もちろんあると思う。でも、それだけじゃないと思うんだ。

人ってのは、極端に優れた人物を前にすると、無意識にそいつの影響を受けてしまって、一時的にいい人間になれるんじゃないかな。一周目の僕を前にしているときに限定すれば、おそらく彼らは、実際にいい人間だったんだよ。

逆に、今の僕みたいなのを前にすると、皆、肩の力を抜いて、安心して屑《くず》になれるんだろう。僕がなにをいいたいかっていうとね、つまり、こういうことだ。相手が嫌な人間だと感じたら、その時点で、少なからずこちらにも責任があるってことさ。ただ、いくら自分と関係がなくなっても、これっぽっちも魅力を減じないどころか、ますます魅力を増すような人間もいたね――まあ、もちろん、ツグミのことだ。

手に入らないものほど欲しくなるってのもあるけど、二周目の僕は、下手をすれば一周目の僕より、さらに彼女を好きになっていたように思うな。崇拝《すうはい》していたといってても過言ではないかもしれない。

彼女の一番の魅力はどこかというとね、それが、僕にもよくわかんないんだな。僕からすると、彼女を構成する要素のすべて、一つ残らず魅力的に見えるんだけど、それは僕が彼女のことを色眼鏡《いろめがね》で見ているからだろう。「花が咲いたような笑顔」って表現があるけど、実際に花が咲いているのは、それを見たこっちの頭の方なんだな。彼女を前にしたときの僕の頭の中は常にお花畑だったから、彼女の中でどこが際立っているかなんて、見比べようもなかった。

そりゃあ、客観的にいってもツグミは美人で気立てもいいけど、そんな女の子は他にいくらでもいるわけで、それなのに彼女じゃなきゃ駄目な理由を説明しろっていわれたら、僕は途方に暮れるだろうな。本当に好きな相手の魅力を語ることは難しいよ。嫌いなやつの魅力を語る方が、よっぽど簡単だね。

おぞましい話ではあるんだけど、実をいうと僕は、中学の卒業アルバムから、ツグミの写っている写真だけコピーして、いつも手帳に入れて持ち歩いていた。そして、もし彼女が今も僕の隣にいてくれたらどうなっていたかを想像して、それを慰めとしていたんだ。こんなことしたら逆に寂しくなりそうなもんだけど、僕にとって、写真の中の彼女は、実際に存在する彼女とは別の誰かなんだな。それは一周目の幸福の象徴みたいなもんだった。

今こそ、人生をやり直すチャンスをくれよ。そう僕は思った。今度こそ、うまくやってみせるからさ。

部屋に戻り、毛布をかぶり、目を閉じて、僕はその晩も祈る。

目が覚めたら、三周目が始まっていますように。

37

もちろん三周目が始まるわけはなくて、あれはたった一回きりのよけいな奇跡で、僕は翌朝もその翌朝も目覚めては落胆することを繰り返していた。

妹が家出してきてから五日が経過した。その頃になると、いよいよ妹が邪魔になってきていた。彼女がいる限り毎日のように図書館とアパートを往復しなきゃいけなかったし、二人分の食事を用意するのも面倒だった。それに、「一人になりたいとき」というのが、僕は普通の人の十倍ばかしの頻度で訪れるんだ。

彼女には悪いけど、僕はそろそろ一人にしてほしかった。

その日の夜、僕は勇気を出して、「いつ頃帰るつもりでいるんだ?」と妹に訊いてみたんだけど、「お兄ちゃんが帰れ」と一蹴《いっしゅう》された。なんていうか、はいはい僕が悪かったよって感じ。

でも、折りよくその時電話がきたんだ。母親からの電話だった。もちろん妹の件さ。苛《いら》ついた口調で、彼女は「ホノカがそっちにいってない?」と訊いてきた。

僕はちょっとためらったけど、妹の聞いている前で、「五日前からここにいるよ」と母親に教えてやった。こうすることで、わざわざ妹に帰れという手間が省けるからね。

妹に帰ってくるようにいってくれ、お金が足りないようなら貸してやれ、と母親はいい、僕はわかったといって電話を切った。受話器を置いて妹を見ると、彼女はそっぽを向いて、話なんて聞いていなかったようなふりをした。

でも二十分くらいすると、妹は緩慢《かんまん》な動作で立ちあがった。そして、「帰ればいいんでしょ?」とでもいいたげな顔で荷物をまとめ始めた。僕はほっとしたな。そういうところは、結構ものわかりのいい子なんだ。

「帰りの交通費、足りる?」と僕は訊いた。

妹は返事をしなかった。怒っているんだろう。僕が母親に彼女の居場所を教えてしまったことを。

向こうは傍にいて欲しくなさそうだったけど、バスターミナルまでは見送ることにした。雪が結構ひどくて、あまり街灯もない道を、妹一人でいかせるのは心配だったからね。

隣と呼んでいいのかどうかわからないくらいの絶妙な距離を保ちながら、落ち葉の積《つ》もった並木道を歩く僕たちは、あいかわらず終始口をつぐんでいた。

妹は、僕のことを恨んでいるんだろう。まあ、とっくの昔に嫌われているからいいんだけどさ。それに、これから人一人殺そうって人間が、誰にどう思われるか一々気にしていたら、きりがないよ。

バスターミナルの建物は老朽化《ろうきゅうか》していて、壁や床はあちこち黒ずんで、蛍光灯は黄ばみ、椅子のクッションは破れて中身が飛びだし、売店には薄汚いシャッターが下りていた。バスを待つ客は数人のみで、辺りは静まり返っていた。あまりにも陰鬱な感じがして、まるでここにいる皆が、家出先から実家に帰るとこなんじゃないかって感じだったな。

「汚いところ」と妹は小声でいった。「お兄ちゃんの部屋みたい」

「情緒があるよ」と僕は自分の部屋をフォローした。

僕と妹は、四十センチくらい距離をとってソファに座り、カップ式自販機のコーヒーを飲みながらバスを待った。

ひどい場所だったね。ここからバスに乗ったら、何十年も前に連れてかれるんじゃないかと思った。まあ、本当にそうだとしたら、僕は喜んで乗り込んだだろうね。今ではないいつかへいけるなら大歓迎だった。

僕がコーヒーを飲み終えると、妹は「ん」と手を差しだし、僕のカップを自分のカップに重ねて捨てにいった。

すたすた歩く妹の背中を、僕は後ろから眺めていた。

一周目の妹と比べると、ずいぶん頼りない感じがしたな。ちょん、と押したらあっさり倒れてしまいそうで。

戻ってきた妹が、再び僕の隣に座る。

今度は二十センチくらいの距離だった。

突然僕は、妹に、ものすごく悪いことをしたような気になった。

彼女が家出した十六歳の女の子だってことを、僕は、きちんと配慮していたといえるだろうか？　本当は、母親には嘘をつくべきだったんじゃないか？　そもそもこの子は、家出なんてするタイプじゃないんだ。よっぽどの考えがあって——あるいは追い込まれて——僕のもとにきたんだろう。せめて本人が満足するまでの間くらいは、かくまってやった方がよかったんじゃないか？

隣の妹の顔を盗み見ようとすると、目が合って、彼女はつんと澄《す》ました顔をして目を逸らした。

母親と約束した手前、今さら妹を連れてアパートに引きかえすというのは、どうもためらわれた。だから僕は、せめて別れる前に、なにかいってやりたかったんだ。

でもなにをいえばいいのかは、さっぱり思いつかなかった。「元気出して」なんて言葉は論外だ。僕だって、そんな言葉は死んでもかけてほしくない。「あんまり深く考えすぎるなよ」なんて言葉だって、僕みたいな馬鹿がいうと全然説得力がない。

最後の最後まで、僕は考え込んでいたな。

時間はあっという間に過ぎて、妹が立ちあがり、バスに向かって歩いていった。僕も立ちあがって、それについていった。

外はまだ雪がちらついていた。暗闇《くらやみ》の中でバスの明かりが眩《まぶ》しくて、僕は目を細めた。

妹がバスに乗り込む寸前、僕はバスのエンジン音に負けないくらいの音量で、「なあ」と呼びかけた。

「また家出したくなったら、くるといいよ」

こんな台詞《せりふ》でも、いうのにずいぶん勇気を必要とした。二周目の僕は、家族に対してさえ臆病なんだよ。

振り返った妹は、めずらしく目を見開いて、しばらく立ち止まって僕の顔を見て、

「そうする」といって笑い、バスに乗り込んだ。

バスがいってしまうと、僕は待合室に戻り、帰り道に向けて、再びココアで体を温めた。

妹の笑顔を見て、やけにほっとしている自分がいたな。

38

妹は僕の言葉に甘えることにしたらしく、三日後、再び僕の部屋を訪れた。

部屋にいるとき彼女がすることといえば、勉強をするか、本を読むか、たまに気が向いたときに一方的に僕の悪口を並べ立てた後、「お兄ちゃんはだめだねー」ということだった。そして僕が作った夕飯をおいしそうに食べ、僕のベッドを占領してすやすや寝た。

翌日、父親が迎えにきて、妹を連れて帰った。父親は彼女をどう扱っていいのかわからないらしく、叱りつけるわけでも優しく諭《さと》すわけでもなく、無言で車に乗せて帰っていった。うん、実に気まずそうだったな。

この分だとまたすぐに戻ってくるんだろう、と僕は思った。そして予想通り五日後、妹は僕の部屋のドアをノックした。

でも、それはそれで、別に構わなかったな。妹がいることで僕の生活は規則的になり、一人暮らしの寂しさも緩和されるみたいだったから。一応は自主的に勉強をしているみたいだし、だったら無理していきたくない高校にいくより、ここで好きなだけ本を読んでいればいいじゃないか。いくらがんばったところで、人嫌いってのは治らないんだ。

「お兄ちゃん、大学いってないんでしょ？」

ある夜、妹はそういった。特に責める調子でも、からかう調子でもなかったな。

「……まあね」と僕は答えた。

「そっか」というと、妹はちょっと満足そうに微笑んだ。「ばれたら、お父《とう》さんに殺されるね」

「その可能性は大きい」

「殺されるよ」

僕が頭をかいていると、妹はココアを一口飲み、カップを置いた後、「内緒《ないしょ》にしてあげる」といった。

「内緒にしてあげるから、私のことを、もっと丁重に扱うこと」

「……ご厚意に感謝《かんしゃ》するよ」

僕は頭を下げた。殺されるっていうのはさすがに妹の誇張だけど、殴られるのは間違いなかったからね。

妹が不登校になっていることについては、あの鈍い両親も一応責任を感じているらしくて、だからあまり口出しはしてこないみたいだった。でも僕が大学にいっていないとなると、あの二人は、烈火のごとく怒るだろうねえ。普段妹を叱れない分、そういうエネルギーが有り余っているんだ。

読みかけの本を手に、ベッドに横たわって小さな寝息を立てている妹に毛布をかけながら、僕は思う。もし僕がトキワの殺人を理由に逮捕されたら、この子はどんな反応を示すだろう？　あるいは、僕がトキワの殺害に失敗して、なにもかも諦《あきら》めざるを得なくなって、自殺なんかしたら。

今のところ特にその予定はなかったけど、それでも一度考えだすと、なかなか想像は止まらなかったな。客観的にいっても、僕が自殺するって、すごく説得力があるというか、自然なことだと思うんだよ。

少なくとも、自分がこの先まともに生きていく姿を想像するよりは、死ぬことを考えた方が、ずっとしっくりきたな。

39

それにしても、一周目の僕の人気というのは、自分でいうのもなんだけど、すさまじいものがあってね。十一月の末になって僕は思い出したんだけど、一周目の僕は、ストーカー被害とまではいかないけど、女の子に執拗《しつよう》に尾けまわされたことがあったんだよ。

それも一人ではなく、時期をまたいで数人にさ。どんな子だったかまでは思い出せないけど、なんにせよ、二周目の僕からするととても考えられないことだよね。半分くらいこっちに回して欲しいよ、まったく。

どうしてそんなことを突然思い出すことになったのかというとだね、これがまた、おかしな話なんだ。

その日、僕は市街地の通りにあるハンバーガーショップの二階の窓際の席に陣どって本を読みながら、定期的に下の様子を確認していた。

別にこの店のハンバーガーが特別好きってわけじゃないんだけど、この店のこの席で過ごすのは、僕の習慣《しゅうかん》の一つだった。というのも、週末の午後にここで張っていれば、十中八九、トキワが一人で歩いていくのが見えるはずなんだ。ここは通りを見張るのに、うってつけの場所なのさ。

ホットコーヒーを口に含み、街ゆく人々を眺める。その日は土曜日だったんだけど、通りをいく人は、びっくりするくらい二人組ばかりだったね。一人で歩いている人っていうのは、いかにも仕事中ですって格好の人以外にはほとんどいなかった。クリスマスが近いせいなのか、それとも単に元からそうだったのか。

店内はちょくちょくクリスマスソングが流れるようになっていた。そのときは「サンタが街にやってくる」が流れていたな。今の時期、どこにいってもこれだ。こういうのって、もはや脅迫的といっていいんじゃないかな。

街路樹《がいろじゅ》のイルミネーションと相まって、街はクリスマスに侵《おか》されつつあった。率直にいって、実に不愉快だったねえ。一人で浮かない顔をしている僕への当てつけみたいだった。もちろんそんなことはなくて、これはただ、幸せな人をさらに幸せにするための罪のない行事なんだけどさ。

でも、たとえば、母親を亡くした人がいるとするだろう、その人がテレビをつけたり外に出かけたりなんかするたびに、「母の日が近づいてまいりました」なんて知らせられたら、ちょっとは傷つくと思うんだ。もちろん、だからといって母の日を廃止しろとかいうわけじゃなくて、「そういう人もいる」ってだけの話さ。

ちなみに、そのとき僕が読んでいた本は、妹の勧めで図書館から借りてきたものだった。楽しそうに本を読んでいる妹を見るうちに、なんだか僕も読書ってものに興味が湧《わ》いてきてさ。時間は有り余っていたからね、「なにかお勧めの本はない？」って訊いたんだ。不思議なものだよね、高校時代にあれだけ図書館で過ごして、それでも本への興味なんて湧かなかったのにさ。

読書家っていうのは、人格は関係なしに、そういう質問には親切に答えてくれるものなんだな。自分の読書経験が試されている気になるのかもしれない。妹は「初心者用」と前置きした上で、いくつかの本をすすめてくれた。そのうちの一冊が——君はもうとっくに察しているかもしれないけど、「ライ麦畑でつかまえて」だったわけさ。

慣れない翻訳《ほんやく》文体に苦戦して、しかも見張りをしながらの読書だったから、なかなか思うようにページは進まなかった。外国人の名前ってのが、僕はどうもうまく覚えられないんだな。でもまあ、ホールデン・コールフィールドという名前は、今思うと覚えやすい方だよ。これがアヴドーチヤ・ロマーノヴナ・ラスコーリニコワとかだったら、僕は泡を吹いて倒れちまってたんじゃないかな。

三十ページほど読んだところで僕が窓の外に目をやると、知った顔が見えた。僕は身を乗りだして、その顔をよく見たんだ。

それは僕が捜していた男ではなかった。

最初は勘違いかとも思った。だって彼女は妙な帽子をかぶっていたし、髪を栗色《くりいろ》に染めていたし、あまり本人のイメージに合わないような服装をしていたからね。監視で鍛《きた》えられた僕の目じゃなかったら、見逃していたと思うよ。ストーカーを長く続けるうちに、僕の目と耳はおそろしく高性能になっていたんだ。

彼女を追う理由はないはずだったんだけど、僕はトレイを返却口に出し、足早に店を出た。僕が通りに出たとき、ヒイラギはちょうど角を曲がったところだった。間一髪ってとこだな。

40

僕はヒイラギの後を、いつもトキワ相手にやる要領で尾けていった。

別に、僕はヒイラギに話しかけようと思ったわけじゃないんだ。だって、仮に話しかけたところで、なにを話せばいい？　「やあ、今日もお互い孤独だね。ひとりぼっちの調子はどうだい？」なんていえばいいのか？

ヒイラギを尾行することで僕が知りたかったのは、僕と似たような孤独を抱える彼女が、今日という日をどのように過ごしているか、ということだった。そこには僕の生活を向上させるヒントがあるかもしれないからね。僕以外の孤独者が、この寒い季節をどういった風にやり過ごしているのか気になったんだ。

どうも僕は、トキワの監視が日常になりすぎて、尾行という行為に対する抵抗感がほぼゼロになっていたらしいんだよな。冷静に考えれば、知り合いの女の子を見かけたからこっそりついていこう、なんて普通じゃないよ。思考の流れが、すっかり犯罪者のそれになっちまっていたんだ。いやあ、ぞっとするね。

ところで、一つ黙っていたことがあるのを、僕は白状しなきゃならない。ちょっと前に、ヒイラギの話をしたじゃないか。あのときは収まりをよくするために、まるで僕とヒイラギがそれ以降会っていないかのような言い方をしたけど、実をいうと僕とヒイラギは同じ大学に通うことになっていたんだよな。

それが互いにわかっていたからこそ、僕らは卒業式予行のとき、無理に会話しようと思わなかったのかもしれない。もしあれが本当に最後の最後だったら、僕は握手くらい求めていたかもしれないね。

期待通り、ヒイラギも大学に入ってからは高校時代以上に孤立を深めていた。うん、それでこそヒイラギというものだよ。変わらない人ってのは、見ていて安心するね。まあ、僕も人のことといえないんだけどさ。

「ヒイラギ」という名前を聞いて、彼女の顔がすぐ浮かぶ人は、学部でも稀《まれ》だったんじゃないかな。それくらい存在感が薄かったんだ。普通、ひとりぼっちの人って悪い意味で目立つもんだけどさ。講義室へ入るタイミングとか、席の選び方とか、集団行動の際の人ごみへの紛れ方とか、そういうのが抜群にうまいんだな、彼女は。僕も似たようなことで努力している分、彼女の技術がどれほど優れたものなのかよくわかるんだよ。

詳しいことは知らないけど、ヒイラギが僕の住むアパートからそう離れていない場所に住んでいるのも確かだった。夜中、僕が近所のコンビニに酒を買いにいくと、ちょうど買い物にきたヒイラギを見かけるってことも数度あった。どうやら向こうも酒を買っているみたいだったな。

向こうが僕の姿を認めると、別に声をかけてくるわけじゃないんだけど、無視するわけでもなくて、「ああ、そっちもか」とでもいいたげな目線を僕に送ってきた。おそらく僕の方も、ヒイラギに向けて無意識にそういう目線を送っていたと思う。蔑みつつ同情するような、そういう目線。

高校生の頃は、僕みたいな根暗人間と酒は縁の遠いものだと思っていたけど、どうやらそうでもないらしいね。むしろ、僕らみたいな人間こそが、一番アルコールに溺《おぼ》れやすいんだろうな。忘れたいことが多かったり、生活が単調だったり暇を持て余している人間とアルコールってのは、相性がよすぎる。

41

陽《ひ》はほとんど落ちかけていたから、尾行は比較的容易だった。こういうのって、人通りが少なすぎると逆にやり辛いんだけど、ほどよく街は人で溢れていて、ストーキングにうってつけの日といえそうだったな。

薄暗い街の中を、ヒイラギはすいすい歩いていく。歩くのが速いんだ。一人でいることに慣れている人間っていうのは、誰かに合わせて歩くことを忘れる上、いつでも「今ここ」に不満を持っていて、「ここにいたくない」と思っているもんだから、歩くのがとても速い――っていうのが僕の持論さ。

逆にいえば、「今ここ」に満足している幸福な人間っていうのは、ゆっくり歩くんだ。トキワとツグミなんか、まさにそれだったたな。彼らは小突きあったり寄りかかりあったり見つめあったりして、とにかくおそろしくゆっくり歩くから、尾行するのも大変なんだよ。二人でいるだけですでに幸せなもんだから、急いでどこかにいこうとは思わないんだろうな。

特に差し迫った用がないとき、どれくらいの速度で歩くかっていうのは、幸せの指標の一つだと思うよ。ほんとにね。

そんなことを考えながら、ヒイラギの後を尾ける。彼女は歩くのが速いのに加えて、はっきりいってかなり挙動不審《きょどうふしん》だった。まっすぐ歩いていたかと思うと、不意に路地に入っていって、数十秒すると何事もなかったかのように出てくる。不意に立ち止まったかと思うと、突然道路を横断し、かと思えばまたすぐに元の歩道に戻ってくる。この子は一体なにを目的としているんだろう、と僕は思ったな。もともと挙動不審な子ではあったけど、ここまでひどいのは初めてだった。酔っ払っているんだろうか？　頭がおかしくなっちまっているんだろうか？

でも、よく考えれば、すぐにわかることだったんだ。だって、ヒイラギの目線の先を見れば、彼女の目的なんて丸わかりだったんだから。しかし僕がそれに気づくまで、三十分くらいかかった。阿呆《あほう》だったといわざるを得ないな。

ヒイラギは突然立ち止まり、すっと傍の柱の陰に隠れた。しばらくそうした後、おそるおそるといった様子で柱から顔をのぞかせ、それからまた早足で歩いていった。

ここまでくると、鈍い僕でもさすがにわかる。

彼女は誰かを尾行しているんだ。

ヒイラギの視線の先に、僕は目をやる。数秒して、数十メートル先にいる彼に焦点が合う。

そう、大体君も予想がついただろうけど——ヒイラギが尾行していた相手は、トキワだった。

いくら僕とヒイラギが似たもの同士とはいえ、なにもそんなところまで一緒じゃなくたっていいのに、と思ったな。

42

いわれてみれば、納得できる点も多かった。さっきもいったけど、この日のヒイラギの格好は、どうもヒイラギ的じゃなかったんだ。尾行中、僕はそこがずっと気になっていた。彼女はデニムコートに短いスカート、それに変な帽子という格好だったんだけど、それって一から十まで彼女らしくないんだよ。少しも似合っていないんだ。

でも、それが尾行時に彼女を彼女と思わせないための変装だったと気づくと、僕はなるほどと得心《とくしん》したね。確かに、ヒイラギはその変装によって自身をヒイラギ的でなくすることに成功していた。高校時代あれほど一緒にいた僕だからこそすぐに気づけたものの、トキワが彼女を見たとき、すぐにヒイラギだと識別できるとは思えなかった。

なぜ彼女がトキワを尾行しなければならなかったのか、という疑問は抱かなかった。だって、一日瞭然《いちもくりようぜん》じゃないか。

つまりね、ヒイラギはトキワのストーカーなんだよ。それも僕と違って、好意から行われる方の、ちゃんとしたストーカーだね。ストーカーがちゃんとしているってのもおかしな話だけどさ。

図《はか》らずも僕は、「二重尾行」ってやつをすることに成功していたんだな。

さらに十数分監視を続け、ヒイラギがトキワを尾けていることについての確証を得ると、僕はヒイラギの尾行をやめ、近くのショッピングモールの駐車場《ちゅうしゃじょう》に入り、ベンチに座って煙草を吸った。歩くのをやめるとすぐに体が冷えてきて、煙草を持っている方の手が震えた。空いている方の手を革ジャケットのポケットに突っ込んで背中を縮め、僕は寒さを堪《こら》えた。

吸殻を灰皿に捨てた後も、僕はしばらくベンチの上に留まっていた。建物から出て車に向かう人たちは、もれなく満面の笑《え》みを浮かべていて、僕は自分がひどく場違いな存在に感じられた。自動ドアが開くたび、店内から「そりすべり」が聞こえてきた。壁一枚隔てた向こう側は、幸せの国みたいだったね。

唯一の仲間だと思っていたヒイラギが、僕の最大の敵といってもいいトキワに夢中になっているって考えると、僕の気分はいよいよ落ち込んだな。だって、つまりそれは、僕の憧《あこが》れであるツグミと、僕の仲間であるヒイラギ、どっちもトキワのことが好きだっていうことじゃないか。

そうなんだよ、結局、いくらヒイラギみたいに、「私は人間そのものが嫌いなんです」とでもいいたげに仏頂面を固めている子でも——いや、むしろそういう子に限って、トキワみたいな爽《さわ》やかで嫌味がない好青年にちょっと優しくされただけで、ころっといっちまうものなんだ。

賭けてもいいね。なぜかっていうと、二周目の僕にも、そういう傾向があったからさ。絶大なコンプレックスを抱えた人ってのは、明らかに格上の人間に優しくされたりすると、「こんなどうしようもない自分にさえ優しくしてくれるなんて、この人はなんて素晴らしい人格の持ち主なんだろう！」って感動しちまうんだ。ピュアっていうか、単純っていうかさ。

動機は正反対だけど、それでも僕とヒイラギが同じ人間を尾行していたという事実は、見方によってはかなり面白かったね。ヒイラギの目的はトキワで、僕の目的はツグミで。そんで、トキワはツグミが好きで、ツグミはトキワが好きで。

皆が皆、自分に見合った程度の相手で我慢できるようだったら、世の中は平和なんだろうな、と僕は思った。僕はツグミみたいな高嶺《たかね》の花を好きになることがなく、ヒイラギもトキワを好きになるなんていう身の程知らずなことはしない、そういう風にできていたら、僕らはもっと悲しまなくて済んだんじゃないかね。

僕がトキワを殺したら、ヒイラギは悲しむんだろうな、と僕は思った。

でも、そのすぐ後で、案外彼女はトキワが死んだら喜ぶのかもしれない、と思い直した。ヒイラギという人間について考えてみると、どうもそっちの可能性の方が大きそうだったな。

だって、なにがどうあっても、トキワはあくまでツグミのものなんだ。どうせ自分のものにならないなら、せめて、「ツグミのもの」としてのトキワではなく、「誰のものでもない」トキワであってほしい——ヒイラギなら、そういうひねくれた愛情を持っていてもおかしくない、と僕は思った。

43

本を忘れてきたことに気づいて、僕はさっきの店に戻った。幸い例の青い本はまだそこにあったから、僕はそれを鞄《かばん》に入れ、再び店を出ようとした。

一人の男と目があった。

最初、僕は視線を無理に逸らした。どこか引っかかるところのある顔だったんだけど、たとえ相手が誰にせよ、今の僕が口をきくべき相手なんて一人もいないはずだからね。

でも、なにかが僕を引きとめた。僕の目は再び、彼の顔に焦点をあわせた。再び僕らの目があったそのとき、ようやく僕の脳は検索を終え、その人物が何者であるかを僕に教えてくれた。

顔を引きつらせる僕と対照的に、彼は笑顔で僕の名前を呼んだ。懐かしそうな表情で、いかにも再会を喜ぶような感じでね。

「おいおいおい、久しぶりじゃないか。元気にしてたか？」

彼は僕に手招きして、正面の席に座るよう促した。

どんな顔をしたらいいのかわからなかったな。笑顔を返すほどの演技力は僕にはなかったし、かといって思い切って無視してしまうほどの勇気も持ちあわせていなかった。僕は曖昧な笑みを浮かべて立ち止まり、適当な返事をすると、ぎこちない動作で彼の正面に座った。まるで椅子の座り方を知らない人みたいだったな。

どうして彼がそんな親しげに話しかけてくるのか、僕には理解できなかった。というのもね、目の前にいるこの男――ウスミズと僕は、好意的にいっても、あまり親しい間柄ではないんだ。

「何年ぶりだろうな？　中学以来だから、四年ぶりくらいか？」

いや、はっきりいってしまおうか。

中学三年生の頃、僕はウスミズにいじめられていた。「いじり」とか「からかい」とかいった解釈の余地を残さないほど、わかりやすいやり方で。

いじめられていた頃の話だけは、どうしても思い出したくないもんだな。君だって、あんまり暗すぎる話は聞きたくないだろうから、詳しいことは語らないけどね。まあとにかく、僕はウスミズにいじめられていたんだよ。君はそれだけ知っていればいい。

僕は極力、その頃のことを思い出さないように努めている。でも、そういう記憶って、口内炎みたいなものでさ。触ると痛いだけで、治りが遅くなるだけだってわかっているのに、でも触らずにはいられないんだ。

どんなに忘れるように努めても、僕は未《いま》だにしょっちゅうその頃の夢を見る。それも不思議なもんで、いじめられている夢を直接見るわけじゃなくてね。見るのは、僕をいじめていたやつらと僕が和解する夢なんだ。互いに認めあって、一緒に笑いあっている夢さ。

まあ、考えるまでもなく、そうした夢には僕の潜在的《せんざいてき》な願望《がんぼう》が現れているんだと思うよ。そう、僕はできれば誰とも敵対したくなかったんだ。僕をいじめてくるやつらとだって、本当は、仲よくやりたかったのさ。

でもそんな風に思っていると悲しくてしかたないから、表面上は彼を憎むようにしていたな、僕は。好きな人に嫌われるよりは、嫌いな人に嫌われる方が、まだ耐えられるからね。

だから久しぶりにウスミズを前にして、しかも親しげに話しかけられたとき、僕は反応に困ってしまった。正直にいえば、僕の方も親しげに、「やあ、久しぶり。そっちこそ元気にしてた?」っていいたかったんだ。それは僕の願望でもあったからね。しかし一方で、そんなことをしたらウスミズにいじめられていた頃の自分に対して失礼なんじゃないか、という気もした。そんなに簡単に人を許してしまっていいのか?

「今はなにをやってるんだ?　大学生か?」

僕が通っている大学の名前を出すと、彼は「すげえじゃん。お前、頭よかったんだな」といってうなずいた。心の底から感心しているようだった。なにか妙だな、と僕は思った。

その態度を見るに、彼は、中学時代に僕をいじめていたことなんて、綺麗さっぱり忘れちまっているようだった。でも、いつだってそういうものなんだ。いじめた側は忘れる。いじめられた側は一生忘れない。向こうは自分がいじめをした記憶をなくしているどころか、場合によっちゃ、「自分がいじめを見て見ぬふりをしていたことに罪悪感を覚えていた」なんて記憶を捏造《ねつぞう》しやがるものさ。

「そっちは今、なにをやってるんだい？」

僕がそう訊くと、彼は「よくぞ聞いてくれた」とでもいいたげに、嬉しそうに近況を語り始めた。典型的な華々《はなばな》しい大学生活の話さ。やっぱり訊くんじゃなかった、と後悔しながら僕は彼の話に相槌《あいづち》を打っていた。

嫌々話を聞いているうちに、徐々にウスミズという存在に慣れ始めた僕は、ようやくまともに彼の顔を見られるようになってきた。それで気づいたんだけど、僕と話すウスミズは、どうも落ち着きがないように見えた。よく見ると貧乏揺すりをしているし、視線は泳いでいるし、腕の組み方が頻繁に変わる。僕の顔をじっと見ているくせに、目があうとすぐ逸らされる。

まるで僕を前にして緊張しているみたいだったな。しかし同時に、僕と会って話す機会を得たことを本心から喜んでいることも、また事実であるようだった。どっちにしても、おかしな話なんだよ。どちらかといえば、二周目の僕は対峙《たいじ》した人を悪い意味で弛緩《しかん》させてしまうタイプの人間だったし、かといって、一緒にいて楽しいタイプの人間でもなかったから。

違和感の正体を解明できないまま、十数分が過ぎた。不意に、ウスミズがしゃべるのをやめた。本当に突然停止するもんだから、僕は彼がなにか重大なことでも思い出したのかと思ったな。

「どうしたんだ？」

彼は自分の膝《ひざ》を五秒ほど見つめた後で、こういった。

「やめた」

「やめたって、なにを？」と僕は訊きかえす。

ひょっとしたらなにか彼を怒らせるような態度をとってしまったんじゃないか、と僕がびくびくしていると、彼は「忘れてくれ。今までのは全部嘘だ」といい、椅子にもたれて唇を鳴らし、両手を脚の間で合わせて小さく溜息《ためいき》をついた。

「そう、全部嘘だ。本当は大学なんていってない。かといって働いてもいない。人とまともに会話するのは数か月ぶりだ。自分が話す声を久しぶりに聞いた。緊張して脇汗が止まらない」

先ほどの五秒の空白を穴埋めするように、彼は矢継ぎ早にしゃべる。「率直にいおう。最近、死ぬことしか考えてない。理由はとるに足らないことだ。だからいわない。本当は思い付いた直後に実行したかったんだ。でも、死ぬ前に、最後になにかしたかった。だから金を溜《た》めた。ある程度溜まったところで、家を出た。それ以来、戻ってない。ひたすら移動してる。それが楽しいんだ。金が尽きるまでずっとそうするつもりだ。尽きたら……そうだな、しばらくは、ホームレスでもやるかな。で、ある程度時が過ぎたら、死ぬつもりだ。シンプルだろ？」

なにもかもが急すぎて、僕はただただ困惑していた。

こいつは突然なにをいいだすんだ？

44

あらためて見てみると、ウスミズのコートはかなり薄汚れていて、あちこちに毛玉ができていた。髪も伸びすぎていたし、心なしか頰《ほお》はこけ、目もくぼんでいた。冷静になって見てみると、浮浪者の一歩手前ってとこだったな。

「俺がこんなことをいうのは、お前が薄情《はくじょう》そうに見えたからだ。……いや、別に悪い意味でいってるんじゃない。お前は無理して『薄情じゃない自分』を演出しようとはしないだろうっていう、それだけの意味だ。俺は止めてほしいとは思っていない。『そんなこといわないで、生きてたら必ずいいことあるよ。一緒にがんばろう』なんていわれたら、俺はその場で舌を嚙《か》み千切って死んじまいたくなるだろうからな。俺はただ、話を聞いてほしかったんだ。お前はそれに最適なんだよ。お前の場合、話を真面目《まじめ》に聞いてくれはするだろうが、それだけだ。目を見りゃ、それくらいのことはわかる。『なにか辛いことがあるなら相談に乗るよ』なんてことは、お前は死んでもいわないだろう。強化ガラス越しの面会みたいなもんだ。だからこそ、俺は正直に話す気になれる」

「よくわからないけど」と僕はいう、「なにか気の利いたコメントを求められてる、ってわけじゃなさそうだね？」

「そうだな」と彼は困ったように笑う。「俺は本当にただ、話を聞いてほしいだけなんだと思う。――なあ、お前には、こんな気持ちがわかるかな？　これまで生きてきた中で、正しいことだけはなに一つやってこなかったっていう、そういう感覚がさ」

「わかると思うよ」と僕は答える。

実際、それをこの世界で一番痛感しているのは僕だろうと思うよ。一周目という「正しさ」を知ってしまっているんだからね。

「わかってほしくないんだ」と彼は首を振る。「そうなると、俺の絶望は、どこまでもありきたりで陳腐なものだってことがはっきりしちまうからな」

ウスミズは窓の外に目をやる。アーケードのイルミネーションが、青や白や緑や赤に点滅している。

「もうすぐクリスマスだな。なあ、俺たちみたいな人間にとっちゃ、どうも過ごしにくい季節だ」

僕は黙って彼の目を見る。

「なあ、これは今なんとなく思ったことなんだが——お前、俺と同じか、それ以上の厄介事を抱え込んでるんだろう？　具体的なことはわからないがな、目を見ればなんとなくわかる。人間的な交流をすっかり失っちまったやつの顔さ。お前も俺も、そういう相《そう》がはっきりと出てるんだ。人間味を失った俺たちの顔は、人を遠ざける。俺たちは、『人に嫌われて、そのせいでさらに人に嫌われる』っていう悪循環から永久に抜けだせないんだろう。……どうしてこんなことになっちまったんだろう？」

ウスミズは雪のちらつき始めた窓の外を眺めたまま、いう。

「俺もお前も、控えめにいって、将来有望な子供だった。今頃、二人して隣に綺麗な女の子を連れて然《しか》るべき場所にいても、まったく不思議じゃなかったんだ。絵に描いたような青春ってやつを送れても、決しておかしくはなかっただろう。……なあ、俺たちは、決して油断したわけではないと思う。きっと、どこかで、歯車が一つだけずれたんだろうな。でもその一つの歯車の不具合が他の歯車に負担を与えて、その連鎖で全部の歯車が狂っちまったんだ。今や歯車はばらけて、あちこちに吹っ飛んで、完全に修復不可能だ」

「……僕の歯車をずらしたうちの一人が君だってことに、自覚はあるのかい？」と僕は訊く。その話題を蒸し返すことに生産性があるとは思えなかったけど、問わずにはいられなかったんだ。

「あるさ」と彼はいう。「そもそも俺がお前をあんな目に遭わせたのは、お前を脅威に感じていたからなんだ。少年時代の俺は、自分という人間に絶対の自信があった。そこら辺の冴えない大人《おとな》の二十倍は優れた人間になれるっていう自信があった。周りの連中は皆、とるに足らないやつらだと思ってた。……ただ、どうもお前だけは、目障りだったんだな。無意識に俺はこう考えていたんだろう、『こいつだけは、俺よりうまくやる可能性がある』って。そうなる前に潰しておこうと思ったんだろう」

「おだてるなよ」と僕は皮肉っぽく笑う。

「おだててなんかいないさ。ある意味じゃ、俺はお前が怖かったんだ。今じゃこの通り、お互い、誰の脅威にもなれねえけどな。……とにかく、この点に関しちゃ、俺はお前に悪いことをしたとは思っているんだ。丁寧な謝罪の言葉が欲しいんなら、いくらでもくれてやるよ。お前が望んでるのが、そういうことだっていうんなら、ね」

「いや、いらないよ。僕の歯車を狂わせた君の歯車を狂わせた人、なんてのも存在するかもしれないんだから、そういう話を始めたらきりがない。君がただ単に話したかっただけであるように、僕もただ単に訊きたかっただけさ。それに――僕は、君に謝《あやま》ってほしくなんかないんだ。せめて、君を恨み続ける権利くらいは残しておいてほしいからね。なにかに責任を押しつけたくなったときのために」

「案外、優しいんだな」とウスミズは微笑む。「――さて、そろそろいくことにするよ。話せて良かったかどうかはわからないが、とにかくありがとう。だが、あまりお前と話してると、思い出したくないことまで思い出しちまう。さっきから思ってたんだが、どうもお前を見てると、少年時代の記憶が色鮮《いろあざ》やかに蘇《よみがえ》っちまうみたいだ」

「僕はむしろ、人生の一番嫌な時期を思い出して、今が少しだけましに感じられたよ。ありがとう」

苦笑いを浮かべた後、彼は僕に背を向けた。

一連の会話の中で、僕が彼を許す気になったっていうわけでは、決してないんだ。でも、気づけば僕は、彼の背負った重そうなバックパックのポケットに、一万円札を二枚、そっと差し込んでいた。そんなことをしても彼は喜ばないだろうし、僕にしたって、彼が少しでも長く生き延びればいいとかそういうことを思ったわけじゃないんだ。ただ、そうしたかったからそうしたのさ。

彼が去った後、僕の頭に、じわじわとなにかが形成されていくのがわかった。最初はその正体が今いちわからなかったけど、時間が経つにつれて、僕は自分がなにかを思い出しつつあるんだってことに気づいた。

おそらくウスミズは、一周目では僕の親友だったんだろう。記憶は相変わらず薄ぼんやりとしているけど、それでも彼のしゃべり方や笑い方を見ているうちに、わかった。ああいう男が、昔、傍にいた気がした。

二周目の僕は、ウスミズも僕の人生を台無しにした人間の一人だと思い込んでいたけど――仮に彼が一周目における僕の親友だったんだとしたら、先に相手を駄目にしたのは、僕の方ということになるのかもしれない。そう、彼が僕を駄目にしたんじゃなくて、僕が駄目にした彼が、僕を駄目にしたんだ。

となると……結局、全てを台無しにしているのは僕なのかもしれない。

アパートに戻ってシャワーを浴び、ウイスキーをロックで二杯飲んだ。妹はとっくに寝ていて、テレビを点けるわけにもいかなかったから、卓上ライトの出力を目一杯しぼって本を読んだ。一時間もしないうちに目が疲れて、僕は本を机に置き、中空を見つめながら黙々とウイスキーを飲んだ。

こういうとき僕はいつも、ヒイラギのことを考える。彼女が自分のアパートで、僕と同じように、一人でお酒を飲みながら本を読んでいる姿を想像する。するると段々と気持ちが安らいでくる。

勘違いしないでほしいんだけど、別に僕はヒイラギに傍にいてほしくてそういう想像をしていたわけじゃないんだ。ただ、自分とは違う人間が、自分とは違う場所で、自分と同じようなことをしている、ってことを考えるのが好きなんだ。「こういうことをしているのは、僕一人じゃない」って考えるだけで、物事の良し悪しってのは、案外どうでもよくなるもんさ。そしてその材料として、ヒイラギ以上の適任はいないってわけだよ。あの子は事実、僕と限りなく似通った生活を送っているんだからね。

どうしようもないくらいの眠気に襲われたところで、歯を磨いて布団に潜る。妹が寝言らしきものを口にするのが聞こえる。

その晩も僕は祈る。目が覚めたら、三周目が始まっていますように。

明かりを消して、ものの数秒で僕は眠りに落ちた。

45

妹に踏まれて目を覚ました。踏まれて、というか、足でつつかれて、というか。とにかくあまり上品な起こし方じゃないのは確かだったな。

「図書館に本返すから」と妹はいう。「起きなさい」

まあ、午後四時にぐっすり寝ている僕も悪いんだけどね。

外に出ると既に薄暗くて、街灯が点き始めていた。でもめずらしく雲のない日で、空気はとても澄んでいた。時折強い風が吹いて、アスファルトの落ち葉がかさかさ音を立てた。

図書館につくと、妹は本の束を抱えて歩いていった。僕は車に鍵をかけてから妹を追いかけ、借りていた数冊の本を返却し、「それじゃあ、一時間後に入り口で落ち合おう」と妹に小声で伝えると、外に出て駐車場のすみっこにいき煙草に火を点けた。

そこは物置みたいになっていて、色んなものが散乱していた。錆《さ》びた自転車、ポール、三角コーン、ひびの入った植木鉢、工具、バケツ、そういったもの。ガラクタの中で、室外機だけが辛うじて息をしていた。

僕は柵に腰かけて、煙を吐いた。なぜかそこには、きちんとした灰皿があった。この職員《しょくいん》なんかが隠れて喫煙するときに利用するんだろう。

あらためてガラクタ群を見渡す。二周目の僕は、こういうどうしようもない感じの風景に慰められるような人間になっていた。なんでだろうな。この場所が、これ以上悪くなりようがないからかもしれない。

誰に聞かれることもないだろうと思って、僕は口笛を吹いた。特になにかの曲を意識したわけではなくて、自然とメロディが出てくるに任せたんだけど、僕の唇が奏《かな》でたのは「ジングル・ベル・ロック」だった。僕は慌ててそのメロディを口にしまい込んだ。だって、どう考えてもクリスマスを喜べるような状況じゃなかったからね。

それから僕は、図書館の敷地《しきち》を出て、道路の向こう側にある廃墟《はいきょ》に向かった。これまた僕のお気に入りの場所だった。元はユースホステルだったらしいんだけど、長年放置されて、すっかり建物はくたびれていて、枯れた蔦《つた》が外壁《がいへき》にひびみたいな模様を作っていた。よく見ると、本物のひびもたくさんあったね。

建物の中は暗くて見えなかったけど、以前のぞいたときは、ほこりだらけの床に穴がたくさん開いていて、丸椅子がそこら中に転がっていた。窓際には古いピアノがあって、僕はなんだかもったいなく思ったな。

建物の外をぐるりと一周する。駐車場だった場所には錆だらけの軽自動車やタイヤの外されたバイクなんかが放置されていて、自転車置き場は柱が折れて屋根が陥落していた。そのすぐ傍には、目的はわからないけど、コンクリートのブロックが積みあげられてあった。

こういうのなら、僕は何分でも見ていられるんだな。このユースホステルがまだまともに機能していた頃、ここで起こっていたことなんかについて考えだすと、もう止まらないんだ。現在進行形の幸せを見るのは嫌いだけど、その残り香を嗅《か》ぐのは好きなんだよ。「ひょっとしたら、幸せがここにあったのかもしれないな」くらいに薄まった匂い。

十分くらいかけてゆっくり建物を回った後、僕は図書館の駐輪場《ちゅうりんじょう》に向かった。灰皿の前に立って、ポケットから煙草をとりだし、二本目に火を点けようとしてポケットからオイルライターをとりだしていると、ふと、誰かが角を曲がってこちらに歩いてくるのが見えた。

妹、じゃない。どうやら僕と同じ用らしい、彼女は咥《くわ》えた煙草に火を点けようとしているところだった。薄暗闇でライターが数秒光り、彼女の顔を橙《だいだい》色に照らす。

それがツグミだと気づいたときは、しばらく息をするのも忘れたくらいだったな。

46

僕は彼女から目を離せないでいた。それで向こうも僕を認識したらしく、僕の顔を二秒くらい見て、それから一瞬迷うような素振りを見せた。無理のない話さ。だって、相手はここ数か月大学に顔を出していない男だ。中学の頃のあれこれも含めて、ツグミから見た僕というのは、一番対応に困る類の人間なんだと思うよ。

それでも、彼女はとっても礼儀《れいぎ》正《ただ》しい子だから、気まずそうな顔をしながらも僕に挨拶してくれた。相手が誰であれ愛想よく挨拶してくれる子なんだな、ツグミは。

僕も同じように挨拶しかえしたけど、内心取り乱していたな。ツグミが喫煙者だなんてこと僕は知らなかったし、この図書館の利用者だってことも知らなかったんだ。こんなに近くで彼女の顔を見るのも久しぶりだった。本当、中学のとき以来じゃないかな。

あれだけツグミの傍にいたい、話をしたいと思っていた僕だけど、いざとなると、なんにも言葉が出てこなかった。なにかしゃべんなきゃ、なんとか会話を繋いで引きとめなきゃ、って焦るばかりでさ。

本当をいうと、目さえあわせられなかったんだ。今の僕には眩しすぎた、ってわけじゃない。目をあわせることで、こっちの惨めな頭の中が見透かされる気がして怖かったんだ。

「本、借りにきたの？　それとも勉強？」

ツグミはそう僕に訊ねてくれた。なんてことのない質問だけど、彼女が僕の個人的な事情について訊いてくれたとなると、それだけでもう胸がはちきれんばかりだったな。

「うん、本を借りにきたんだ。といっても、妹の付き添いだけどね」

「そっか、妹さん……」

ツグミは僕の言葉をちょっと疑問に思ったみたいだったけど、そこには踏み込まずに、「君は本を読む人？」と訊いてきた。

「図書館にくるようになった影響かもしれないけど、近頃はそこそこ読むよ」

「へえ。最近はどんな本を読んだの？」

僕はツグミの表情を読みとろうとする。どうやらその質問は、単なる社交辞令というわけでもないらしい。それなりに本心から興味を持ってくれているらしいんだ。

多分、周りに本を読む人間が少ないんだろうね。一周目の僕にしたって、本なんてほとんど読まなかったみたいだから。ツグミは本の話ができる相手を欲していたんじゃないかな。

「すごく今さらな感じはするけどさ、サリンジャーの『ライ麦』を読んだよ。それと、『ナイン・ストーリーズ』も」と僕は答える。

「『ライ麦』か」と彼女はうなずく。「それは私の本棚の一段目に収められている本のうちの一冊だよ。うん、つまり、大のお気に入りってこと。……君は、あの本を読んでどう思った？」

僕は少し考え込んだ。だって、ここでツグミの気に入るような答えを出せば、彼女は僕のことを気に入ってくれるかもしれないからね。下手なことはいえないし、かといって、無難すぎる答えを出せばつまらないやつだと思われるだろう。

「一般的には」と僕は口を開く、「あの話は、若者特有の世の中に対する反感みたいなものについて書かれている、っていう風に解釈されることが多いと思う」

彼女はうなずき、先を促す。その目に、ちょっとだけ失望の色が現れていることも、僕は把握している。一般論なんて彼女は求めちゃいないんだ。だから僕は、矢継ぎ早に次の言葉を口にする。

「ただ――これは読書家でもなんでもない経験も教養もない一個人としての感想だけ

ど──あの本を、『青春小説』にカテゴライズするのは、読みとしてイージーすぎると思うんだ。確かに、しっくりくる。高校生の若者が学校を辞めて、世の中のあらゆるものに対して毒を吐いて、けれども人との出会いを通じて少しずつ成長していく、という話として捉《とら》えると、とてもわかりやすく読めるだろうね。……でもさ、相手はあの、『バナナフィッシュ』を書いたサリンジャーなんだ。もっと慎重に読んでいいと思うんだよ」

「君のいっていることは、すごくわかる」とツグミがうなずく。「私も似たような考えを、『ライ麦』に対して持ってるんだ。それで、君は慎重に読んだ結果、どんな考えを抱いたの？」

「そこなんだよな」と僕は頭をかく。「既存の読みに違和感を覚えたのは事実なんだけど、それじゃあ僕がどう読んだのかっていうと、これはこれでイージーな読みなんだ」

「イージーでもなんでもいいから、いってみなよ」

僕はあらためて言葉を探す。やれやれ、こんなことなら読書ノートでもとっておけばよかったな。

「……僕がホールデンを見ていて感じたのは、『まともな神経をしていたら、これくらい常に腹が立っていて当然だ』ってことなんだ。彼は若くて未熟だからデタラメとかインチキとかを許容できなくて怒っている、ってわけじゃない。あれはもっと普遍的な話なんだと思うよ。ある意味じゃ、裸の王様みたいなものなんだ。ただし、訳者のいう通り、決してホールデンはイノセンスの化身としては描かれていない。『ライ麦』においては、『王様は裸だ』といった子供は、異端者扱いされて終わるんだ」

僕はぺらぺらとしゃべる。久しぶりに長い言葉を発したから舌が動かない――ということは幸いにしてなかったけど、会話のリズムみたいなものが掴めないんだな。ついつい、一人でいいたいことをいいきってしまう。

でもツグミはきちんと調子を合わせてくれるんだ。「裸の王様ね」とツグミは繰り返す。「その話も私、好きなんだよ。色んな読みができる、テキストとして優れた話だと思う。ねえ、ちょっと話は変わるけど、いいかな？」

「もちろん」と僕はいう。話が少しでも長引きそうなことが、僕はたまらなく嬉しかったな。

ツグミは時間を惜しまず、言葉を慎重に紡いでいった。

「――今の世の中を見ていて私が思うのは、むりやり裸の王様に仕立てあげられている人が大勢いる、ってことなんだ。んーと、つまりね、王様は事実、『馬鹿には見えない服』を着ているの。けれども群集はどうしようもない馬鹿ばかりだから、それが全然見えないのね。そこで一人、とびきり愚かな子供がいうの。『王様は裸だ』、って。すると周りの馬鹿も安心して、『王様は裸だ』っていうようになる。王様は慌てて、『いやいや、そんなことはない。現に見えている人もいるんだぞ』って主張するんだけど、いくら証拠として服を突きつけられても、馬鹿は自信満々に、『私には見えないね』っていい切るの。……私がいいたいこと、わかるかな？」

「わかる気がする」と僕は答える。

47

そんな調子で、僕らは話を続けた。話自体は、他愛《たわい》のないものだったね。特に意味のない会話さ。一周目の僕だったら、二秒で忘れるような会話だ。

でもさ、たったそれだけのことで、僕はあまりの嬉しさに、指先が震える始末だったな。この時間が、少しでも長く続けばいいって願ったよ。

「そういえばツグミさん、煙草吸うんだね。意外だな」

僕がポールモールに火をつけながらそういうと、彼女は困ったような顔で笑った。

「恋人にも秘密にしてるんだよ。今の所、君しか知らない」

僕はその言葉を脳に刻みつけたね。〝君しか知らない〟。実に心地《ここち》よい響きだよ。

全部で大体、三十分くらい話していた気がする。お互い話に夢中で、なかなかその場を動く気になれなくて、彼女が腕時計を見て「そろそろいかなきゃ」という頃には、お互い寒さにがたがた震えていた。

「なんだか変な話ばっかりしちゃって、ごめんね。普段こういう話ができる相手がいないから、つい調子に乗っちゃって。ただね――君がどう思ったのか知らないけど、私はすごく楽しかったよ。いい時間だった。ありがとう。それじゃあ」

ツグミと別れた後、僕は月を見あげて、しばし会話の余韻《よいん》にひたっていた。止まらない体の震えは寒さによるものなのか、興奮《こうふん》によるものなのかは、わかんなかった。まったく、こんなんで喜べるなんて、エコの極みだよね。

それに、このとき僕はまだ、自分のしている致命的な勘違いには気づいていなかったんだ。

妹はすでに車で待機していて、僕が戻ると、「五分の遅刻」と頭を五回たたいてきた。一時間遅刻したら大変なことになっていたと思うよ。

図書館を出てからしばらくして、妹がいった。

「お兄ちゃん、さっきの女の人と仲いいの？」

「……いや」と僕は否定する。「僕と口をきいてくれるくらい、あの子が優しいってだけだな」

「ふうん。じゃあ、私も優しいね。口きくから」

恩着せがましく妹はいう。

「違うな。僕たちは単に仲がいいんだよ」

「ええ、そうなの？」と妹は迷惑そうにいった。

48

一週間経っても、僕はツグミと交わした言葉を、お気に入りのレコードを何度も聴き返すみたいに頭の中で反芻していた。三十分くらいの会話を、細部に至るまで再現する。記憶は薄まるどころか、むしろどんどん鮮明になっていった。

トキワをとり除こう、と僕は思った。バス停でツグミを見かけたあの日のように、僕は久しぶりに活力というものをとり戻していた。たとえトキワが聖人みたいな人間で、周りを幸せにできて、僕の何十倍も価値があって、彼を殺せばツグミが悲しむとわかっていても、知ったことじゃなかった。

僕が公正になる必要なんてない。問題は、彼の存在が僕を幸福にするか、不幸にするかだ。トキワの存在は確実に僕を不幸にする。そしてトキワの不在は僕を幸福にする。それゆえ僕はトキワを殺すんだ。それでいいじゃないか。

頬を両手でたたいて、僕は自分に活を入れる。

僕は今日にでもトキワを殺すんだ。

意気込んで出かける支度をしている僕を見て、四回目の家出中の妹は醒めた口調でいう。

「なんか、楽しそう。変なの」

「悪いかな?」

「悪い」

そういうと、妹は持っていた本をベッドに投げ捨てる。

「借り物なんだから、大切に扱いなよ」と僕はたしなめる。

「だめな本は雑に扱っていいんだよ。知らないの?」と妹は返す。

「初耳だね。ちなみに、その本の、なにがどう駄目だったのかな?」

妹はちょっと考えてから、こう答えた。

「問いに答えを出すことが考えることだと思ってるの、この本の著者は」

まともな答えが返ってくるとは思わなかったから、意外に感じたな。

「僕にはよくわからないけど……じゃあ、問いは、そのままにしておくのが一番いいってこと？」

「そういうつもりでいったんじゃないよ。そもそも、問いと答えを切り離して考えること自体、私はおかしいと思うんだ。問いが出た時点で答えも出てるようなものだからね、答えること自体は大した問題じゃない。むしろ、いかにこっちの頭から色んなものを引っぱり出してくれるかだと思うんだけど……」

そこまでいった後、妹は〝ちょっとしゃべりすぎた〟とでもいいたそうな顔になり、慌てて口をつぐんだ。

「しかし、楽しそうにしているつもりはなかったんだけどな。僕のどこら辺が楽しそうに見えたんだ？」

「……最近お兄ちゃん、服をしっかり着るようになったよね？」

「そうかな？」

僕はとぼけてみせたけど、確かに最近は、尾行の際に同じ服ばかりだとトキワに勘付かれる可能性が高まるから、着る服については気をつかっていた。なるべく街の人々に溶け込めるように流行の格好をするように心がけていたんだけど、それが外見に気をつかうようになったと勘違いされたんだろうね。

以前は大学に二日連続で同じ服を着ていくなんてこともざらだったからな。どうせ誰も僕の格好なんか気にしちゃいないだろう、って思っていたからさ。

「もしかしてお兄ちゃん、恋人でもできたの？　だとしたら、私がここにいるのは、まずい？」

そっけない感じで妹はそう訊くんだけど、彼女にしてはめずらしく、気の利いた発言だったたな。まあ、見当違いなんだけどね。でも、僕が恋をしているってことは事実で、それを見抜いてくる辺り、妹は案外僕のことをよく見ているみたいだった。

「残念だけど、そういうことじゃないよ」

そう僕は答えた。それから少し考えて、こう説明した——いつものように、嘘をつくときには若干の真実を混ぜて、匂いをわかりにくくしつつね。

「僕は顔のない人間になりたいんだよ。街に溶け込んじゃいたいんだ。すれ違い終えた頃にはもう顔も思い出せないような、印象の薄い人間になることが望みなのさ。そのためには、地味な色の服を着たりひと気のないところを選んでこそこそ歩くよりも、周りの皆と同じ格好をして、皆と同じ場所をうろつく方法が有効なんだ」

「透明人間になりたいの？」

「そうだね。ある意味じゃ、僕は透明人間になりたいんだろうな」

「変なの」と妹は怪訝《けげん》そうな表情でいった。「そっか、恋人ができたわけじゃないんだね。……それで、今日はどこいくの？」

「喫茶店で勉強してくる予定だよ、今のところ」

「大学にいってないのに？」

少しだけ皮肉っぽく——多分それは、絶賛《ぜっさん》不登校中の自分自身への嘲《あざけ》りも込めてだろうけど——彼女はいう。

僕はこう答える。「大学にいってないから勉強するんだよ。一見矛盾《むじゅん》しているみたいだけど、僕は、別に落伍者《らくごしゃ》になりたいわけじゃない。大学にいきたくないから大学にいっていないだけで、自分をどうにかしようって気がないわけじゃないんだ。資格をとるための勉強や英語の勉強くらいなら自分一人でもできるからね」

こういう嘘ならいくらでも僕はつけるんだな。実際は資格の勉強なんて一度もしたことがないのに。

「いってらっしゃい」と妹は会話を打ち切るようにいった。「さっさといけ」みたいなニュアンスの「いってらっしゃい」だったね。

今となっては確かめようのない話だけど、もし四度目の殺害のチャンスを与えられていたら、そのとき僕は、トキワのことを殺していただろうか？　殺せていただろうか？

49

僕は「人を殺す」ということと正面から向きあうことを、できるだけ避けるようにしていた。そうとも、まともに考えたら、殺人なんて肯定できるわけがないんだ。倫理的な話を抜きにしたって、リスクが高すぎるからね。自分の身がかわいかったら、人殺しなんてしないに越したことはない。

それになんといっても一番の問題は、仮に僕の犯行が露見せずに済んだとしても、僕自身が罪悪感に苛《さいな》まれて、自分の方から尻尾《しっぽ》を出しちゃうんじゃないかってことだった。だからこそ僕は、できるだけ実感しなくて済むやり方、ナイフで刺したり首を絞めたりするんじゃなくて、そっと背後から突き落とすようなやり方が可能になるそのときを、じっと待っていたんだ。……とはいえ、実際にそうしたチャンスが三度訪れたのに、僕はその全てを見逃してしまっていたというのは、先述の通りだ。

ただ、四回目だけは、ちょっと違ったんだ。

図書館でツグミと会って、僕は自信を取り戻した。僕はツグミとうまくやっていける、という自信だよ。それまで僕は、二周目の僕にとって、もはやツグミは高嶺の花で、仮にトキワを殺したところでツグミが僕になびくことなんてありゃしないんじゃないか、って薄々感じていた。だから三度のチャンスを棒に振ったりしたんだ。

でも、ツグミと数年ぶりに話してみて、僕は確信した。考えようによっちゃ、今の僕は、一周目の僕よりツグミ向きの人間なんだ。一周目の僕らは、外向的な僕と内向的な彼女で互いを補いあうような関係だったけど、二周目の僕らは内向的な者同士という形でうまくやっていけそうだった。それはそれで、全然ありだと思うんだよ。

そういった事情も含めるとだね、四回目のチャンスが与えられたそのとき、僕がトキワを殺害していたかどうかっていうのは、やっぱり一概には決めつけられないんだ。そもそも僕には人を殴る勇気すらなくて、そんなやつが人を殺すなんて、最初から不可能だったのかもしれない。一方で、僕はときどき自分でも驚くくらい割り切った判断をすることもあって、それゆえに拍子抜けするくらいあっさりとトキワの殺害に成功していた可能性だってある。

なんにせよ、今となっちゃ、わからないことだ。四度目のチャンスは、結局、訪れなかったんだから。

50

一見、状況は整っているように見えたな。いや、整いすぎているくらいだった。ツグミとバーにいって一時間ほど過ごしたトキワは、バス停までツグミを送り届けると、自分は駅に向かって歩き始めた。そこまではいつも通りの手順さ。でも、その日の彼は、妙なルートで駅へ向かったんだ。わざわざ人通りの少ないところを選んで、真っ暗な住宅街や商店街や路地を通って、まるで気に入った曲がり角があるたびに曲がらなきゃいけないルールでも自分に課しているかのように歩いていた。行き先が見当もつかなくて、尾行には骨が折れたな。

一人で歩きたい気分なんだろう、と僕は思った。そういう夜って、あるだろう？空気は金属みたいに冷え切っていて、星は刺すように煌《きら》めいていて、家々から漏れる灯りが異様に愛《いと》おしく感じられる、そういう冬の夜。ほどよくお酒が入っていたりしたら、尚更《なおさら》さ。

そしてついに、そのときがきた。トキワの足は橋へ向かった。

街の下調べは入念にしていたからね、断言してもいいけど、その橋ほど人を突き落とすのに向いた場所もないんだよ。欄干《らんかん》が、膝よりちょっと上くらいの高さしかなくてね。地上までの距離は人を殺すのに十分だったし、万が一致命傷を負わなかったとしても、十二月の冷え切った川に落ちれば、低体温症なり心臓《しんぞう》麻痺なりで死んでくれそうだった。

そんな場所に、わざわざ酔っ払った状態できてくれるなんて、殺してくれっていっているようなもんじゃないか。

これを逃したら次はないんだろうな、と不意に僕は思った。どうしてかわからないけど、四度目であるこのチャンスを逃したら、次は二度とない気がしたんだ。条件が整わないってのもあるけど、それ以上に、これだけ誂《あつら》え向きの状況でなにもできなかったら、僕は自分の手で、自分はどんなに状況が整ったところでなにもできはしないんだということを証明してしまうことになるんだよ。

絶対にこれで決めなきゃならない、と僕は自分にいい聞かせた。

トキワは橋の中ほどを、ゆっくり歩いていた。僕は足音を忍ばせ、彼との距離を詰めていった。地面にはうっすら雪が積もっていて、彼がこれに足を滑らせたと思わせることも不可能じゃないな、と僕は考えた。そう、不思議と落ち着いていたな。結局、最後まで現実感が湧かなかった、という風に考えることもできる。これから自分が人を殺すんだってことを、体が今いち理解しきれていなかったんだろうね。

あと数メートルという距離まできて、今すぐ駆けだして彼を突き落してしまうこともできると思った、そのときだった。トキワは突然立ち止まって——僕がその行動を解釈する暇もなく——欄干にひょいと腰かけた。こう、川を見下ろすような姿勢でね。

それから彼は振り返って、僕に向かって手を挙げたんだ。

僕がそこにいたことなんて、最初っからわかり切っていたかのように。

「まあ、あなたも座ってください」とトキワは言い、隣の空間を指さした。

一瞬の間に、色んなことを考えたな。いつから気づかれていた？　どこまで気づかれている？　僕の目的を知っているのか？　知っているんだとしたら、なぜこうも無防備な姿を晒すんだ？　僕に話があるのか？　あったとして、なぜわざわざこんな場所で話す必要がある？　最初から僕の尾行に気づいていたんだとしたら、わざわざ人通りの少ない道を選んで歩いたのは、僕を確実に誘導《ゆうどう》するためか？　しかし、そんなことをしてどうなる？　案外彼が尾行に気づいたのはここ数分の間なのかもしれない、だとしたら、目的は攪乱《かくらん》か？　僕を惑わせて、その隙に逃げようというのか？　いや、それにしたって効率が悪すぎる、どう考えたって素直に逃げた方が早い。

そんなことをものの数秒のうちに考えたわけだけど、最終的に僕がどうしたかというと、いわれた通り、彼の隣に腰かけたんだ。ちょっと背中を押すだけでトキワを殺せたのに、僕がそうしなかったのは、彼の行動に驚いたからというよりは、好奇心を抱いてしまったからだろうね。そういった意味でも、僕は彼の策略にまんまとはまっていたんだと思うよ。

51

「これから僕の話すことを、ひとまずあなたには、黙って聞いてほしいんです。それでもし間違っているようなところがあったら、指摘してください」

橋の両岸には住宅が並んでいて、どれもこれも窓から温かい灯りが漏れ、その光が揺らめく水面に反射していた。鉄製の欄干は手が貼《は》りつきそうなほど冷たくて、けれどもそこに摑まらないわけにはいかなかった。なにかの拍子に落ちかねないからね。

「あなたが僕を尾行しているってことは、一応わかっているんです。いい逃れができないくらいの証拠は、集めてあります。失礼ですが、知人に頼んで、あなたを尾行してもらっていたんです。そう、いわゆる、二重尾行ってやつですね。……いや、まさか〝二重尾行〟なんて言葉を実際に使う日がくるとは思わなかったな」

そういってトキワは一人で笑う。

「どうしてあなたが僕のことを尾け回すのか、理由はわかりません。自分でいうのもなんですが、僕、聖人みたいなもんですからね。後ろめたいことは、なに一つやっていない。感謝されることこそあれ、恨まれるようなことはやってないんです。そもそも、僕とあなたとの共通点といえば、同じ学部であること、ただそれだけのはずですからね。それでも、逆恨みってものはありますから、あなたが僕になんらかの形で危害を与えようとしている可能性は捨て切れない——そこで僕は、試してみたんです」

僕は真下を見下ろす。夜の川は墨汁を垂らしたみたいに真っ黒で、僕はふと、この川はトキワを突き落とすという以外に、自分で飛び降りるという使い方もできるんだということに気づく。それはそれで、一つの解決といえるだろうな。まあ、そんな度胸が僕にあるのかどうかはおいといてね。

「これまでに三回、僕はあなたにチャンスを与えました。僕に危害を与える上で非常に都合のいいであろう場面を、あなたに尾行されている最中に、わざわざ三回も作ってみせたんです。……もちろん、そう見せかけているだけで、実際にあのタイミングであなたが僕に危害を加えようとしたところで、僕が確実に助かるだけの余地は残されていたんですけどね」

僕は両手を欄干から離し、コートのポケットから煙草を取りだし、おそるおそる火をつけた。橋の上は風が強く、火を点けるまでに結構苦労させられた。

「しかし、あなたは動かなかった。最初から危害を与える気がないのか、怖気《おじけ》づいたのかわかりませんが。なんにせよ、それでわかりました。『この人は僕にとって無害だ』、と。仮にあなたが僕に対して殺意を持っていたとしても、それを実行に移すことは、多分無理です。……もちろん、これからあなたが本気になって、いよいよ僕を殺しにかかってくる、という可能性もあります。でも、こうして直《じか》に対面してみて、なんとなく、わかるんですよ。あなたは僕に危害を与えることはできない。こればっかりは、第六感みたいなもんです。あるいは無意識の経験則と呼ぶべきか」

「最初に尾行に気づいたのは？」と僕は初めて口を開く。

「大学祭の翌週」と彼は答える。「多分、相当早い段階でしょう？　あなたが尾行を始めて間もない頃だと思います」

その通り、と僕は頭の中で相槌を打つ。

「僕は別に勘がいいわけでもなければ、後ろに目がついているわけでもない。特別鋭《するど》いわけでもなければ、尾行され慣れているわけでもない。ではなぜ、そこまで早く尾行に勘づいたのか？……簡単です。僕はこう見えて、異常といっていいくらいに自意識過剰な人間なんですよ。他人の目を極度に気にしているんです。人の行動を、全て自分に向けたメッセージとして読み取ってしまう。一日に三回も同じ人間を見れば、その人が僕を待ち伏せしていたんじゃないか、って考えちまうような人間なんです」

「へえ……その割に、あんまりきょろきょろしている様子は見られなかったけど」

僕がそういうと、彼は澄ました顔でこういった。

「本当に自意識過剰な人間ってのは、『周りを気にしてきょろきょろする姿』なんて、他人に見せたりしませんよ。むしろ、不自然なほど自然な行動をとっちゃうくらいなんです。他の人も尾けてみればわかると思いますけど、普通の人ってのは、もうちょっと頻繁に後ろを向いたり立ち止まったり、不可解な行動をとりますよ。僕はあえて、あなたに尾行しやすい環境を提供していたんです」

ようするに、なにもかもお見通しだったというわけだ。

やれやれ、と僕は煙と共に溜息をついた。

けれども僕の中に、悔しいとか恥ずかしいとか、その手の感情はほとんど湧いてこなかった。自分でも、どうしてさっきから自分がこんなに落ち着いているのかわからなかったな。あるいは僕は、「トキワに打ちのめされる」という図式に慣れすぎていたのかもしれない。

「で、僕をどうする？」と僕は彼に訊く。「警察にでも突きだすかい？」

「どうもしれませんよ」と彼は首を振った。「それというのもですね、あなたは意外に思うかもしれませんけど――僕は、この一か月間あなたが僕にしていたことを、それほど悪く思っちゃいないんです。いえ、むしろ感謝しているといってもいいくらいなんですよ。別に、陰《かげ》から盗み見られるのが好きだとか、そういうわけじゃありません。僕がいいたいのは、つまり、『あなたに監視され続けることを通じて、僕が、あなたという視点を獲得《かくとく》した』ということです。そしてこんなに素晴らしいことは、世の中にはそうそうあるものじゃないんですよ」

いまいち意味が呑《の》み込めずにいる僕に、彼は無邪気に説明する。

「強いて挙げるとすれば、恵まれた僕の唯一の不幸は、幼い頃から幸せでありすぎたということです。これは、僕みたいな人間がいってこそ意味のある言葉だと思うんですが、幸せなんてのは、慣れてしまえば、実に味気ないものなんですよ。毎日三食砂《さ》糖《とう》菓子を食べさせられているようなもんです。舌が麻痺して、味なんてわかんなくなっちゃいます。嘘じゃありませんよ。毎日のように様々な種類の人間から称賛されて、数えきれないほどの女性に色目を使われて、なにからなにまで最高の恋人もいて――

それでもなに一つ感じない自分がいることに、僕はある日気がついたんです。……以来、僕はそれまで通りの微笑みを顔に貼りつけつつ、内心では砂を噛むような思いで毎日を過ごしてきました。困ったことに、嬉しいことがあっても全然嬉しくないくせに、悲しいことや腹立たしいことがあると、しっかり悲しんだり腹を立てることができるみたいでした。どうやら僕は、快に対してはおそろしく鈍くなったくせに、不快に対しては以前よりずっと繊細になっていたようなんです。……煙草、もらっていいですか?」

僕は黙ってポールモールとライターをトキワに手渡した。彼は慣れた手つきで煙草に火を点け、ライターに描かれているモリッシーを数秒眺めると、僕にそれらを返した。

僕はふと、ツグミが喫煙者であることをトキワは知っているんだろうか、と思った。もし知らないとしたら、ツグミに関することで僕が彼に勝っているのは、それを知っていることくらいだ。だから僕はすがりつくように、その記憶を頭の中で反復した。細長い煙草を支える、ツグミの綺麗な指を。

「しかし」、と彼は煙を吐き、続ける。「あなたが現れたことで、僕の認識に、ちょっとした変化が生じました。つまり、こういうことです——僕はあなたに尾行されることを通じて、あなたという視点を手に入れたんですよ。尾行されている最中、僕はずっと考えていました。『彼はなぜ僕なんかを尾けようと思うんだろう？』――ではなく、『僕という人間は、彼の目にはどんな風に映っているんだろう？』、とね。僕はそっちの方に興味がありました。寝る前はいつも、その日を振り返りつつ、そうした一日を送った僕が、あなたの目にどう映っていたかを想像しました。そうせずにはいられなかったんです。僕みたいな人間っていうのは、一人でいるときの反省会が趣味みたいなものですからね。あのときの僕の行動・言動は周りにどんな印象を与えただろうとか、あのとき僕に向けて発されたあの言葉にはどんな意味があったんだろうとか、そういうのを一晩中考える人間というのが、世の中にはいるんですよ」

そんなことはいわれなくたってわかってるさ、と僕は声に出さずいう。なにせ、他でもない僕自身がそうだったからね。

トキワは火の点いた煙草を指の間で器用に回し、「さて」という。

「――あなたに尾行され始めてから、二週間ほどした頃でしょうか。僕はふと、自分の中に、なにか重大な変化が起こっていることに気がつきました。にわかには信じられないことでしたね。麻痺しきっていた感覚が、正常に戻っていたんです」

彼はそれを、皮肉でもなんでもなく、本当に綺麗な思い出を語るように口にするんだな。

「朝起きると、その日一日への期待で胸がいっぱいになっています。鏡を見ると、この身体《からだ》に生まれてよかったなあと心底思います。街を歩いていると、すれ違う人々が皆、一人の人間として愛おしく思えます。恋人の顔を見ると、僕と出会ってくれてありがとうっていう感謝の気持ちが溢れてくるんです。花はどこまでも花らしく、石はどこまでも石らしく、それぞれの個別性が、これでもかというくらい強調されて目に飛び込んでくる。なにもかもが正常でした。正常すぎるくらいでした。いえ、むしろ、ここまで正常な目で物事を見ることができたのは、生まれて初めてだったのかもしれません。気絶するくらいの幸福感でした。僕は当たり前の幸福を、当たり前じゃない幸福として受け入れることができるようになっていたんです。……最初は、一時的な現象だと思いました。事実、そうした気分は、時間が経つにつれ、徐々に薄れていきました。学食で友人と昼食をとる頃には、そんな幸福感は最初から存在しなかったかのように、跡形もなく消え去っていたんです。ですが、それに落胆していた僕が、食事を終えてふと顔をあげると――かなり遠くにですが、確かに、あなたの姿が見えます。途端に、僕の幸福感は、前回以上の明瞭さを持って戻ってきました。立ちあがって万歳したい気分でしたよ、誇張抜きでね。……そうして、僕はようやく気づいたんです。この幸せは、あなたがくれるものなんだって。あなたの視点を借りて自身を振り返ることで僕は、当たり前になってしまった幸せを、もう一度まっさらな目で見つめ直すことができるんだって」

そこで彼は一旦《いったん》言葉を区切る。

黙って話を聞いていた僕だったけど、彼のいっていることは、よく理解できた。それって、二周目の僕がよけいな記憶のせいで必要以上に現状を嘆く羽目になっているのと、似たようなもんだろうからね。

「一つ、自信を持っていえることがあります。それは、『尾行者はあなたでなければならなかった』ということです。僕を尾けていたのがあなたではない他の誰かであったとしたら、僕がここまで熱心に尾行者側の気持ちについて考えることはなかったと思います。そういった意味で、僕はあなたに深く感謝しています。こんなことというと、皮肉に聞こえるかもしれませんが——あなたという人間は、どこか、僕に似ていた。気を悪くしないでほしいんですが、率直にいって、僕はあなたを見てこう感じたんです。『自分も、一歩間違えたらこうなっていたかもしれないな』、と。……きっと僕たちは、基礎《きそ》は一緒なんです。初期条件は限りなく似ていたんです。ちょっとした環境の違いや運命のいたずらでここまで差は開きましたが、可能性としては、同じところから出発したはずだったんですよ。だからこそ僕は、あなたの気持ちがわかる。僕を見てあなたが感じているであろうことも、容易に想像できるんです」

そこまでいうと、彼は鞄から紺色《こんいろ》の革の手帳をとりだした。「ちょっと待っていてください、すぐ済ませますので」といいつつ、彼は手帳になにかを書き始めた。三分ほど経ったところで、彼はそれまで書き込んでいたページを破りとり、僕に差しだした。

受け取った紙を見て、僕は腹を立てるどころか、逆に感心してしまった。

彼は紙に書いてあることについて説明する。「あなたが僕を尾行する理由については、未だによくわかりません。ただ、もし今後もあなたが、その無意味な尾行を続けてくださるんだとしたら、そのときは、これを参考にしてください。僕のこれからのスケジュールに関して、現時点で決定している分については、全てそれに書いてあります。尾行する側も大変でしょうからね。……徐々にクリスマスが近づいていますそれに連れて、僕の生活はより充実したものになっていきます。それをあなたが見届けてくれるとしたら、僕にとって、これ以上嬉しいことはありません」

52

　街路樹や店先が飾りつけられ、いたるところでクリスマスソングが流れ、駅前には巨大なモミの木が設置され、いよいよ街はクリスマス一色になってきていた。

　トキワと橋で話した日から、四日が過ぎていた。あいかわらず僕は尾行を続けていて、そのときは駅にあるカフェでコーヒーを飲みながら、トキワが姿を現すのを待っていた。そのカフェからだと、広場の様子がよくわかるからね。そこはトキワとツグミが待ち合わせによく使っている場所なんだよ。

　周りの席は、男女の組み合わせか、そうでなきゃ女同士の組み合わせが多かったな。どいつもこいつもおしゃべりに花を咲かせていた。一人の客は僕くらいしかいなかったな。

　マグカップを手元に引き寄せ、一口啜《すす》る。コーヒーはすっかり冷めてしまっていて、洗剤みたいな味がした。

　僕は一体、なにをやっているんだろう?

　トキワを尾ける意味は、はっきりいって、ほとんどなくなってきていた。だって、なにもかもすっかりばれちまっているんだからね。僕が彼に手出しすることは不可能になったといっていいだろう。

それなのに僕がずるずると尾行を続けていたのは、僕が、「覚えているため」だったんだ。

ただでさえ具体性の薄い一周目の記憶は、ここ最近になってさらにもやがかかり、気を抜くと、この人生が二周目であるということさえ忘れそうになるところまできていた。実をいうと、トキワを尾行して、彼がツグミと一緒にいる姿なんかを見ることは、記憶を補強することにも役立っていたんだ。そうでもしなきゃ、今頃僕は、自分が最初っからこういう人間だったと思うようになっていただろうね。

あるいは、そっちの方が幸せだったのかもしれない。比較対象が存在するから、二周目の人生は必要以上に悪く見えてしまうんだ。

ポジティブに捉えれば、今の僕の人生だって、そこまで捨てたもんじゃない。通っている大学だってそんなに悪いところじゃないし、今の僕には読むべき本や聴くべき音楽がたくさんある。ひどくわかりにくいけど、一応僕のことを心配してくれているらしい妹もいる。たかが一年引きこもったところで、なんだというんだろう？　一年浪人したようなものだと思えばいい。

そう考えることは、しかし、不可能だったな。一周目の人生さえ忘れてしまえば、それは容易なことだっただろう。でも一方で僕は、その記憶がどんなに自分を苦しめるかをわかった上で、一周目の人生をどうしても忘れたくなかったんだ。世界には、人生には、あんなに素晴らしいものも存在するんだってことを、どうしても覚えておきたかった。あれを忘れて二周目を幸せに生きるくらいだったら、一周目の記憶を抱いたまま死んだ方がいいと、僕は本気で思っていたんだな。

トキワより先に、ツグミが広場に着く。彼女はベンチに腰掛け、緑色《みどりいろ》の紙袋を脇に置き、駅の時計塔を見あげていた。

二重尾行。トキワのいっていた、二重尾行を頼んだ「知人」というのは、ひょっとすると、ツグミのことなのかもしれないな、と僕は思った。だとすると、最悪、図書館で出会ったあの日の時点で、ツグミは僕がトキワのストーカーだということを知っていたのかもしれない。やけに親しげに話しかけてきたのだって、動揺を隠すためだったということも考えられる。

数分後、ついにトキワが広場に現れる。彼の姿を見つけたツグミは、紙袋を掲げ、自慢げにそれをトキワに見せる。トキワも大袈裟に驚いてみせていた。

袋の中身は、ちょっと早いクリスマスプレゼントかもしれないし、誕生日プレゼントかもしれない。トキワが僕と同じ誕生日、十二月二十四日生まれだとすれば、クリスマスプレゼントと誕生日プレゼントがかぶらないように、ツグミがあえて一週間前に誕生日プレゼントの方を渡すことにしていたとしても、不思議じゃないからね。

紙袋を受けとったトキワは、ふとなにかに気づいたかのように、あらぬ方向に目をやった。いや、それはまさに僕のいる方向で——どうやら彼は、僕がここから彼を監視していることに気づいているみたいだった。

そして彼は、あろうことか、僕に向けて手を振ってきたんだ。実に無邪気な感じでさ。

僕は慌てて頭を下げ、彼らの死角に隠れた。顔がぼうっと熱《あつ》くなった。思わず頭を抱えたな。

本当に、僕は、一体なにをやっているんだろう?

53

僕はしばらく顔をあげられずにいた。十分ほどして、そろそろ彼らが広場を去っただろうと思い、顔をあげようとしたところで、僕は初めて左側に座っている女の子の存在に気づいた。

これがまた笑える話でさ。僕の四つ隣に座っている彼女は、僕とよく似た姿勢で頭を抱えていたんだ。こんな場所で二人の男女が数席挟んでまったく同じように頭を抱えているなんて、おかしいよね。

そいつがヒイラギだと気づいたときは、さらにおかしかったな。

そういえば彼女もトキワのことを尾行していたんだっけ、と僕は思い出す。ひょっとすると、ヒイラギも僕と同じように、トキワに尾行のことを気づかれていて、そのことを指摘された挙句、ご丁寧にスケジュールまで教えてもらったのかもしれない。彼は僕に「尾行者はあなたでなければならなかった」といっていたけど、それはつまり「ヒイラギでもよかった」ということを意味するんだな。僕とヒイラギって、そういう意味じゃ双子みたいなもんだからね。

ヒイラギは席を立ってカウンターにいき、コーヒーのお代わりを注文した。僕が傍にいることに気づいていない様子だったね。この日の彼女の服装は前回見かけたときとは様変わりしていて、野暮《やぼ》ったい白のセーターを着ていたんだけど、不思議とそれは彼女に似合っていたな。洗練された格好が似合わない人っているんだよ。僕もどちらかといえばそっち側なんだけどさ。

お代わりを受けとると、ヒイラギはコンディメントバーにいき、紙コップの蓋を開け、砂糖を馬鹿みたいにどばどば入れ始めた。君にも見せてやりたかったな。まるで、とろみをつけるのが目的みたいに入れるんだ。彼女はその、砂糖にコーヒーを入れたような飲み物を持って元の席に戻り、両手でコップを持ってちびちび飲み始めた。

その様子を見ていたら、僕はふいに、手足が痺《しび》れるくらい懐かしい気分になった。十年前のヒットソング、それも当時気に入ってよく聴いていたけどここ数年まったく耳にしていなかった、そういう曲がラジオで流れてきたみたいな感じさ。

僕はしばらくヒイラギがコーヒーを飲む姿に見入っていた。でも、自分の脳がなにを懐かしく感じたのかは、さっぱりわかんなかったな。でもその感覚が他のなにかに向けられたことではないことも、また事実らしかった。その懐かしさがヒイラギからきているってことだけは、はっきりしていたんだ。

もちろん、ヒイラギ自体、僕にとっては古くから馴染みのある存在ではある。中学の頃からの同級生だ。でも、だからこそ、おかしいんだ。それだけずっと傍にいた相手に対して、懐かしいもくそもないじゃないか。本来彼女に対して、こういう感覚って生まれないはずなんだよ。

そのうち、僕はその感覚にうまいこと当てはまる言葉を見つけることに成功する。

既視感。

僕はこの光景を、既に一度どこかで見ている。いや、一度どころじゃない。数えきれないくらい、僕は何度もこのカフェでヒイラギの横顔を見ている。それは二周目の記憶ではないから、必然的に一周目の記憶ということになる。

目の前のヒイラギとなにかが重なる。直後、僕は大きな不安に襲われる。

僕はなにか、とんでもない勘違いをしていたんじゃないだろうか？

ヒイラギが顔をあげて、ついに僕らの目があう。

僕らはやっぱり、互いに声をかけたりはしない。でも、高校の三年間で、僕らは目だけで意思疎通することが得意になってしまっていた。

ヒイラギの目は饒舌《じょうぜつ》だ。二、三秒目をあわせただけでも、なんとなく、色んなことが分かってしまう。

だから——向こうが目を逸らした頃には、僕はすでに確信していた。

彼女には一周目の記憶がある。

54

そもそも僕は、なぜツグミのことを、一周目の恋人であると決めつけていたんだろう？　確かに、僕が覚えている一周目の恋人の特徴、「眠そうな目、長い睫毛、しっかりとした考え」に、彼女は該当する。それはそうだ。

でも、他にそういう子が一人もいなかったんだろうか？　僕はすべての可能性に目を配っていただろうか？

僕はもう一度、ヒイラギの方を見やる。

いうまでもない。彼女の目は、いつも眠そうだった。睫毛も長い。しっかりとした考えを持っているかどうかは知らないけど、僕と気があうのは確かだった。

ようやくすべてを理解する。

僕の過《あやま》ちは、もっと早くに始まっていたんだということを。

自分で思っている以上に、僕は愚かしい選択をしていたんだということを。

つまり、こういうことだな——席を奪われたのは、僕だけじゃなかったんだ。

僕が中学の頃に告白したのは見当違いの相手で、殺人を犯してまでとり戻そうとした恋人は人違いで。

僕がいつも陰から見ていた二人は、〝両方とも〟代役だったんだ。

トキワだけじゃない。ツグミもまた、ドッペルゲンガー的存在だったんだよ。

そして僕の本物の恋人は、いつだって傍にいた。

ヒイラギ。惨めさで、唯一僕と競《きそ》いあえる彼女こそが、本当の一周目の恋人だったというわけさ。

55

かつての恋人がすぐ傍にいて、自分と同じような状況にあって、似たような苦悩を抱えていると知ったとき、けれどもね、僕は、喜びはしなかったんだ。

いや、むしろ絶望を深めたといってもいい。

どうしてかというとね、たとえ隣にいるヒイラギが、僕の本当の恋人だったとしても、今僕が好きなのは、より一周目の彼女に近い、〝偽物〟であるツグミの方なんだよ。

僕が気にするのは「オリジナルかどうか」じゃなくて、「一周目と同じ気持ちにさせてくれるかどうか」、その一点だったんだ。変わっちまった本物には、もはや興味がないんだな。正解が正解とは限らない、ってことさ。勘違いも、十年も続けば、それはもう本人にとっては修正しようがない真実なんだよ。

そして、僕の求めるツグミという女の子が、一周目で僕と恋人だったわけではないということがわかって、僕は心底がっかりした。だって、こうなると、彼女と僕が結ばれる根拠はいよいよないじゃないか。僕が信じてきた赤い糸は、広場にいる彼女じゃなくて、隣で頭を抱えている女の子と繋がっていたわけだからね。

彼女が一周目の恋人だったということを踏まえ、あらためてヒイラギを見ると、まるで二周目の自分を客観的に見ているようだったな。一周目の僕を知る人が今の僕を見たらどんな感想を抱くのか、うんざりするほどよくわかった。

うん、あんまりいい気分じゃなかったな。

そういうわけで、運命の再会とはいかなかった。寂しそうな目で広場を見つめる「一周目の恋人」は、隣に誰か、温かい存在を必要としているように見えた。今度ばかりは、勘違いじゃなかったと思うよ。

けれども僕は、彼女に話しかけず、店を出た。僕が必要としているのがヒイラギでなくツグミであるように、ヒイラギが必要としているのも、トキワの方だろうからね。

うまくいかないもんさ。でも、全ての発端は、やっぱり僕なんだろうね。僕が見初《みそ》める相手を間違いさえしなければ、僕にしたってヒイラギにしたって今頃、一周目の完全な再現とはいかずとも、幸せに暮らせていたんだろう。いや、一周目より幸せになっていた可能性だって、決してないとはいい切れないんだ。

そしてヒイラギに限らず、僕の妹や両親、ウスミズ、そういった人たちも、僕がよけいなことさえしなきゃ、もうちょっと幸福な人生を歩めていたに違いないんだ。

そこまで考えたところで、僕は思考を打ち切った。

もうやめよう、と僕は思った。

いよいよ、本格的に、一周目の記憶を忘れるべき頃にきているらしかったな。

56

煙草に火を点けて、世界の終わりを願う。僕のことを知っている人間と僕が知っている人間、皆いなくなればいいのにと全身で願う。そうしたら僕は、また最初からやり直せるだろうから。

そのときには、僕は極力誰とも関わらずに生きていくんだ。他者なんていう不確定要素はもううんざりだ。完全に一人で生きていくのが難しいなんてことくらいは、僕だって知っている。けれども、限りなくそれに近い生活を送ることなら、今の世の中じゃ、そう難しい話じゃないだろう。現に誰にも知られず生きて誰にも知られずに死んでいくような人が、いっぱいいるんだからね。

帰宅後、僕は冬場の煙突みたいに煙を吐き続けていた。妹からは、文字通り煙たがられたね。何度もやめろって言われたんだ。でも僕は無視して煙を吐き続けた。部屋も頭も煙で一杯にしたかったんだ。なんにも見えなくなればいいと思った。

僕が妹からの文句を無視するなんてことは前例がなかったから、彼女は面食らったようだったな。僕の妹、典型的な内弁慶で、根は臆病だからさ。僕の様子がいつもと違うことに気づくと、しゅんとして、それ以上なにもいわなくなった。

十二本目の煙草を消したところで、妹はとまどいがちにいった。

「お兄ちゃん、そもそも昔は、煙草なんて嫌いだっていってたよね。なんで吸うようになったの？」

僕は十三本目の煙草を二口吸った後、こう答える。

「心配する人が、いなくなったからじゃないかな」

僕の不確かな記憶によれば、一周目の僕は、ある時点まではひっきりなしに煙草を吸う人間だったんだ。でも、やめた。恋人に心配されたからさ。特に咎《とが》める風ではなかったけど、「あんまり寿命を縮めるようなことはしてほしくないな」みたいなことをいわれて、それでやめたんだ。彼女と一緒に過ごせる時間を自ら削るってのは、馬鹿馬鹿しいと思ってね。

ところが二周目の現在、僕を心配する人は、一人もいなかった。僕の寿命が縮まろうがなくなろうが、気にする人なんて一人もいないんだ。僕が必要以上に煙草を吸うのには、そういう理由もあるのかもしれないな。

妹は僕の言葉の意味がよくわからなかったみたいだった。だって、今の言い方じゃ、まるで少し前までは二周目の僕に、健康を気づかってくれるような相手がいたかのような言い方だったからね。

でもまあ、彼女はそれ以上追及してこなかった。訊いたって答えてくれないであろうことくらい、わかっているんだろう。その代わり妹は、ゆっくりとすり寄ってきて、僕の口元にそっと手を伸ばした。

「……じゃあ、私が心配するから、やめなさい」

そういうと、煙草を指先でつまみ、僕の口から引き抜く。

僕は妹の表情を確認する。彼女はいつものごとく醒めた目で僕を見ていたけど、瞬《まばた》きの数がちょっとだけ増えていたな。

僕は新たな一本に火を点け、煙を吐く。

妹がけほけほと咳き込む。

ポケットから紙切れを取りだして、眺める。トキワのスケジュールが書かれた紙だ。灰皿に載せてライターの火を近づけてみたけど、どうしても燃やす気にはなれなかった。そこには僅《わず》かにとはいえ、ツグミに関わることが書いてあったからね。悔しいけど、こんな紙切れでも、そこにツグミに関することが書いてあれば、僕にとっちゃ宝物なんだ。

煙草を灰皿で消し、机の本を手にとって読み始める。けれども、内容は全然頭に入ってこなかった。

そもそも僕は、自分が本当にトキワを殺せると思っていたんだろうか？

そして仮に、奇跡的にそれに成功したところで、ツグミが僕のことを好きになると、本気で思っていたんだろうか？

イカれてるとしか思えないな。

ショックに対する防衛《ぼうえい》反応のようなものなのかもしれない。気づけば僕は、ぐっすり眠り込んでいた。脳細胞を壊死《えし》させる勢いで、十四時間ほど寝た。

翌朝目を覚ますと、妹はいなくなっていてさ。

次の日も、その次の日も、妹が戻ってくる様子はなかった。

57

そういうわけで、僕はトキワの殺害を諦めたわけなんだけどさ。願いってのは、腹立たしいことに、願うのをやめた頃に叶《かな》うものなんだってことを、後に僕は知ることになる。

一週間ほどが瞬く間に過ぎた。十二月も後半に入った。妹がいなくなった後、僕は、目についた日雇いのアルバイトに片っ端から応募していた。ちょうどその時期、アルバイト募集のメールが大量にきていて、その気になれば、十二月中のスケジュールを隙間なく埋めることも可能だったんだ。

今さら金なんて稼《かせ》いだってしかたないんだけどね。僕は、頭をからっぽにしたかったんだ。今まで以上に、色んなことを忘れたかった。それに、尾行をする必要がなくなってしまって時間を持て余していたというのもある。

僕はとにかく一日中拘束《こうそく》されることを望んで、泊まり込みで働くホテルのウェイターや馬鹿げたイベントの手伝いや交通整理なんかを毎日やっていた。知らない人と働くのはいつだってうんざりさせられたし、この手の仕事にありがちなように、やたら元気のいい正社員に理不尽に叱られることも多かったね。なに一つ楽しくなくて、気晴らしにもならなかったけど、それでもなにもしないよりはまだよかったな。

夜遅く家に帰ると、安いウイスキーをロックで飲んで、妹の置いていった本をぺらぺらと捲って、眠くなったところで音楽を聴きながらベッドに潜った。思考停止っていうのは、慣れれば簡単なもんさ。

一周目の記憶は、あっという間に霞《かす》んでいった。

ある日、アルバイトからの帰り道、うっすらと雪の積もった道を歩きながら、翌日の予定を確かめようとして携帯を見ると、メールが一件と留守電が一件入っていた。メールは大学からのものだったけど、僕は件名すら見ずにそれを削除した。どうせそろそろ大学をやめるかどうかはっきりしろ、みたいなメールに決まっているんだ。

問題は、留守電の方だ。留守電は、公衆電話からのものだった。

間抜けな話なんだけどさ、僕はその電話を、最初はトキワからだと思って、直後、「いや、ひょっとすると、ツグミからの電話なんじゃないか？」って期待してしまったんだ。この期に及んで僕は、自分が本当に困っているときにはツグミが助けてくれるんじゃないかっていう、まるっきり無根拠な期待を持っていたんだな。救いがたい馬鹿だよね。

もちろんツグミが僕に電話をよこすはずもなくて、留守電は妹からのものだった。妹はかろうじて聞きとれる程度の声でいう。『お兄ちゃんに、帰ってきてほしいの。……あのね、お父さんとお母《かあ》さん、今、本当にひどいの。離婚で済めばまだいいけど、このままだと、それどころじゃ済まないかもしれない。……お兄ちゃんが帰ってきたところで、どうにもならないかもしれないけどさ。でも、他に、どうしたらいいのかわかんないんだ』

数秒の沈黙が続き、最後に妹は、ぼそりという。

『ねえお兄ちゃん、私、こんなの、いやだな』

僕だって嫌さ。

58

まっすぐ帰る気になれなくて、僕は本来曲がるべき角を曲がらず、曲がるべきでない角を曲がり続けた。仕事中にかいた汗がひいて、体は不健康な感じの冷え方をしていたね。本当にひどい寒さだったな。

僕は自分でも知らないうちに、レディオヘッドの「クリープ」を口ずさんでいた。情けないことに、二周目の僕は、この曲をありがたがる連中の気持ちが、本当によくわかっちまうんだな。僕はツグミに見合うような素晴らしい人間じゃないから。

駅前の商店街を歩いていると、小学校の制服を着た子供たちが、十数人でハンドベルを演奏しているのが見えてさ。思わず僕は足を止めて聴き入ったな。よく見ると、使われている楽器はハンドベルだけじゃなくて、アコーディオンやスレイベルの役もいてね。立派な音楽だったよ。指揮者の教師らしき人物は、楽しくてしかたないって顔をしていたな。

商店街を抜けて、僕は住宅街に入っていった。そこで僕は、家の周りをこれでもかというくらい電飾まみれにしている最中の家族を見たんだ。子供たちはきゃっきゃとはしゃいで、両親はせっせと電飾を家の壁や木や塀に貼りつけていた。ちょっと離れたところから、僕はそれを見守っていた。

目の前のその光景があまりに遠くて、僕はびっくりしちゃったな。どうして彼らと僕はこんなにも違うんだろう、って思ったんだ。まるで別の生物かなにかのように感じた。

しばらくして、子供たちが「せーの」といった。直後、色とりどりの電飾が一斉に点灯され、家は一気に遊園地みたいな有様になった。サンタクロースやトナカイの形が浮かびあがってさ、見事なもんだったね。

僕は逃げるように住宅街を出た。似たような幸せそうな家がたくさんあって、また同じようなのを見せられたらたまらないと思ってね。

当てもなく歩いているうちに、僕はいつも利用している、小さなコンビニエンスストアの前にいた。そのまま通り過ぎようと思ったけど、思い直して入店し、ホットコーヒーの缶で手を温めたくなる衝動と戦いつつ、手早くウイスキーの小瓶を持ってレジへ向かったんだ。

店員はいつものハシバミさんだった。背の高い女の人で、けれども決してモデル体型というわけではなく、自分でもその身長を持て余しているみたいに見えた。歳はおそらく僕より三つか四つ上。髪は明るめの茶色《ちゃいろ》で、声が酒焼けしたみたいに低く、フランクな印象を与える人だった。

僕がこの店を訪れるのは大抵午後十一時くらいで、そのときは必ず、発泡酒のロング缶を一本とポールモールの赤を一箱買うようにしていた。特にこだわりがあるわけじゃない。むしろ、こだわりがないからこそ、一番安上がりで済む組み合わせのものを買っていたんだ。

何十回も僕が同じものを買っていくものだから、向こうもさすがにこっちの顔を覚えて、以来、僕が入店したのを見ると、即座に棚からポールモール一箱を準備して待つようになっていた。きっとハシバミさんは、僕の顔を見るたび、「ああ、安酒と安煙草の人だ」って思っていたんだろうな。なんか恥ずかしいね。

せっかく用意してくれているんだし、突然「ピースを五箱ください」とかいうわけにもいかない。そういうわけで、僕はここ数か月、同じ銘柄しか吸っていなかった。

ところがこの日、僕がレジに出したのはウイスキーと板チョコで、しかも煙草を買わなかったもんだから、ハシバミさんはかなり面食らった様子だったな。いつもより袋詰めの動作もぎくしゃくしていた。

「今日は、ポールモール買わないんですね。煙草やめたんですか？」

袋を差しだしながら、ハシバミさんは控えめな口調で僕に訊いた。その表現と、本気で驚いているような顔が気に入って、僕はちょっと穏やかな気分になった。というか、なにより、僕なんかのすることに、彼女がほんの少しでも関心を持ってくれていたらしいのが嬉しかったな。それがくだらない買い物のことでもさ。

「いいえ。あなたをびっくりさせたかったんです」と僕はいった。他人の前で冗談を口にするなんて、久しぶりだったな。

「それはもうびっくりしましたよ」とハシバミさんが笑う。「じゃ、別に、煙草やめたわけじゃないんですね？」

　そういうと彼女はちょっと考え込んだ後、「まあいいか」とひとりごとをいい、足元にあった小さなビニール袋を拾い上げて僕に渡した。

「それ、賞味《しょうみ》期限切れの煙草です。煙草にも賞味期限なんてあるんですね、私知りませんでしたよ。とはいえ、普通に吸う分には全然問題ありませんから。本当は店長に全部捨てろっていわれてるんですけど、もったいないから、こっそりあなたにあげます」

　僕は袋をのぞき込む。人気のない銘柄の煙草が数種類、全部で二十箱くらい入っていた。

「いいんですか？」

「いえ、よくないです。でも、よいことです」

　本当に受けとっていいものか僕が悩んでいると、ハシバミさんはレジ台から身を乗りだして、僕の肩をたたいた。

「私、アンチ・サンタクロースなんですよ。よい子におもちゃを配るサンタに対抗して、悪い大人に酒や煙草を配ってるんです。本当にプレゼントを必要としているのは、よい子じゃなくて悪い大人なんですよ。――だから、ほら、さっさとそれを持って店を出なさい」

僕は苦笑いしながら、「クリスマス、嫌いなんですか?」と彼女に訊いた。

「クリスマスは好きですよ。子供の頃から、ずーっと。……問題は、私がクリスマスという行事に参加できる立場にないってことです。どうもこの国のクリスマスは、私にはいささかハードルが高いみたい」

別の客が品物を持ってレジにきたので、僕はハシバミさんに礼をいい、店を出た。もらった煙草の一つを早速開けて吸いながら、僕は冬の夜の街をぶらついた。煙草を持っていない方の左手は、ポケットに突っ込んでいた。寒いからっていうのもあるけど、これは僕の癖みたいなもんでさ。とにかく空いている手をポケットに入れたくてしかたないんだ。そうしていないと手が落ち着かないんだよ。

なんでかなあ、って考えてみたことがあるんだけどさ。ひょっとすると僕は、一周目においては、しょっちゅう誰かと手を繋いで歩いていて、それなのに二周目においては手を繋ぐ相手が一人もいないから、手が寂しいんじゃないかな。煙草がやめられないのは授乳期が忘れられなくて口が寂しいためだ、っていう俗説があるけど、あんな感じさ。

適当な場所を探して歩いていると、うってつけの公園が見つかった。橋の下の狭い公園でさ、枯れ木に囲まれていて、空き缶や紙パックがそこら中に落ちていて、フェンスにはあちこち穴が開いているという、いかにも僕好みの場所だったな。

僕はベンチに腰かけて、煙草を手摺《てすり》に押しつけて消した。赤い火の粉が散って、いくつかは地面に落ちた後も光り続けていたけど、数秒すると消えた。ウイスキーの蓋を開け、僕はそれをストレートでゆっくり飲んだ。そこまでくる過程ですでに瓶は冷え切っていたけど、一口飲んだだけで胃はぽかぽかと温まった。

最初は冗談のつもりだったんだ。酔っ払った体で一晩中外を歩いて、自分をちょっとばかし痛めつけたかっただけでさ。でも――このまま酔っ払って寝てしまえば、ひょっとしたら本当に凍死できるかもしれないな、と僕は思い始めた。疲れた体にアルコールはあっという間に染み渡って、身体感覚はあっという間に麻痺していった。それに、いい感じに眠かったんだ。ハシバミさんのおかげでちっとは気分もましになっていたし、ああ、これはもしかするといけるかもしれない、と僕は考え始めた。

もうちょっと気分が悪かったら、自殺のことなんて考えなかったと思うんだ。本当に危ないのは、最悪の気分から、なかば回復してしまったときなんだな。

唐突に訪れたチャンスに、僕は興奮していた。不思議なものでね、この段階にくると、後悔が心地よいんだ。それが強烈な感情であれば、なんでさえ心地よいんだな。開き直っちまうと、それはほとんど他人事《ひとごと》みたいなもんだからね。下手すると、絶望さえ楽しめるようになる。

だから僕は、精一杯、悲しいことを思い出そうとしてみた。死に際の後悔というやつをやってみることにしたんだ。今まで精一杯避けてきた考え事と、真正面から向きあってみることにした。

疲労とアルコールで頭はぼんやりとしていて、あんまり厳密なことは考えられそうになかった。ただ、〝後悔〟という言葉に吸い寄せられて、滲《にじ》んだイメージがいくつか頭に浮かんできた。

一つは当然、ツグミと僕がもしうまくいっていたら——というヴィジョンだった。あの図書館で話したようなくだらないことを、二人で当てもなくしゃべっているような、そういう光景が目の前に広がってさ。

でも、ヴィジョンはそれだけじゃなかった。「ひょっとしたら起こっていたかもしれない、素晴らしいこと」が次々と浮かんでくるんだ。

その一つ一つについて、僕はあえてここでは言及しない。

ただ、僕はそうしたヴィジョンを見て、ちょっとびっくりしてしまったんだ。起こり得たかもしれない幸せな出来事について考えているうちにわかったんだけど、どうやら、幸せのかけらっていうのは、そこら中に落ちていたみたいなんだ。

けれども僕はそれを全て見逃すか、そうでなきゃ自ら踏み潰して粉々にしていた。なぜかって？　そりゃ、一周目のことばかり考えていたからだよ。

59

多分、朝の四時くらいまで、そのベンチに座っていたと思う。震えは止まらなくなっていたし、病的な感じの咳《せき》が出るようになっていたけど、死ぬような兆候は一向に見られなくて、ただただ寒いだけだったから、結局僕は家に帰って、震えながら毛布をかぶって寝た。

小学生の頃、どうしてもいきたくない行事を前にして、がんばって冷水を浴びて風邪をひこうとしたことを思い出したな。ああいうのって、絶対うまくいかないんだ。

薄暗い午後に目を覚まして、ヒーターを点け、食欲はないけどすかすかの胃にむりやりシリアルとミルクを流し込んで、外に出てハシバミさんに貰《もら》った煙草を吸った。

多少だるかったけど、風邪をひいたわけでも肺炎になったわけでもない。努力の甲斐なく、僕は健康体だった。

再び屋内に戻る頃には、プランが固まっていた。

僕が考えていたのは、こういうことなんだ。今みたいなアルバイト漬けの生活を続けて、ある程度お金が溜まったら、ここを出て、ひたすら旅して回る。なるべく南の方に向かうのさ。そうして所持金が尽きたら、浮浪者にでもなってやろうって思ったんだ。ようするに、一周目の親友、ウスミズの真似《まね》をしようと思ったんだよ。

馬鹿らしい話だけど、その発想を僕はいたく気に入ってさ。そう、楽しみといえばたまの食事だけで、娯楽といえば星や花を見たり、鳥や虫の声を聴くくらいで、天候ひとつが人生の重大事として扱われる。そういう生活。

僕は浮浪者生活を送るうちに、ひょっとするといつか、僕と同じように浮浪者をやっているウスミズに出会うかもしれないな、と思った。そのときは、一周目のように、もう一度親友として仲よくやっていけるかもしれない。一つのパンを分け合ったり、他の浮浪者と縄張り《なわばり》争いをしたり、協力して缶を拾い集めて、どっちが多く集めたとか些細なことでいい争ったり、そんな風にさ。

毎日、星の下で眠り、太陽の下で目を覚ますんだ。そうすればこの僕でも、一周目のことなんてどうでもよくなって、衣食住のことだけを気にするようになるだろう。そういうのって、とても人間的じゃないか——

けれども僕のある部分は、その空想を、醒めきった目で見つめていた。結局のところ、僕は、ウスミズと出会うこともなく、浮浪者生活に適応することもなく、一人で嘆き悲しみながら死んでいくんだろう。最後まで「こんなはずじゃなかったんだ」っていいながら。

僕が死んでも、きっと、誰も気にしやしないんだろうな。いや——あるいは、妹くらいは、僕のために涙を流してくれるかもしれない。あいつ、ああ見えて、根っこはいじらしいくらいに兄想いだからね。二周目でもそれは変わっていないのが、最近分かってきた。わざわざ僕のところにやってきたのだって、そりゃ家が嫌になったっていうのもあるだろうけど、半分は、僕を慰めるためにきてくれていたんだと思う。勘違いかもしれないけどさ、どう思うかは僕の自由だろう。

僕がいなくなることによって、僕の家族はどうなるんだろうな。いよいよ収拾がつかなくなって崩壊するか。もしくは、僕が欠けたことによって、それを埋めるように三人で肩を寄せあうか。どっちにせよ、今の半端な状態よりは、よっぽどよくなるんじゃないかな、と僕は思った。

別に自己犠牲の精神から死を決意したわけじゃないんだけど、もし僕がいなくなることでなにかよいことが起こるとすれば、それは僕にとって、ちょっとだけ救いになるからね。個人的な問題さ。

そんな風にして、僕はその自暴自棄《じぼうじき》な考えを深めていった。皮肉なことに、一度世界に対する執着《しゅうちゃく》を捨ててしまうと、かえってこの世界は、僕の目に魅力的に映るようになった。そう、「僕が過ごす場所としての世界」として見るからろくでもない場所に感じられるけど、そういう私情をのぞけば、この世界は依然として美しいんだ。

しばらくすると、僕はまたアルバイトの現場へ向かったけど、今や、そこらで見られる安っぽいクリスマスのイルミネーションでさえ、僕の心を動かすには十分だった。ちらつく雪が街灯に照らされてオレンジに染まる様子はいくら見ていても飽きなかったし、屋根からぶらさがったなんでもない氷柱《つらら》のひとつひとつの形を仔細《しさい》に観察することさえ楽しかった。

まるで、生まれて初めて雪の降る街を訪れた人みたいだったな。

そりゃあ、わかりきっていたことだよ。普段はたいして価値を感じていない物事も、失《な》くした途端、あるいは失くなるとわかった途端、急に掛け替えのないものに見え始めてしまうなんてことはさ。死のうと思った瞬間に生は輝《かがや》き始めるもんだし、生きていこうと思った瞬間に死は甘い匂いを放ち始めるもんだ。

でも、いくらそれを理解していたところで、実際に失くしてみるまでは、どうしても実感が湧かないものじゃないか。そういうことに関してはなかなか融通《ゆうずう》が利かないんだな、人ってやつは。不便なもんだよ。

60

いうまでもないことだけど、二周目の僕は、クリスマスなんて大嫌いだった。

といっても、クリスマスそのものの精神性が嫌いだとか、キリスト教色《きょう》が苦手だとか、そういうわけではない。僕が嫌悪していたのは、人が「クリスマス」と口にするとき、それはあくまで口実に過ぎない、っていう点なんだ。それは「ボランティア」って言葉が時として持ってしまう胡散臭《うさんくさ》さに対する嫌悪感と、よく似ている。別にボランティアが悪いわけじゃないんだけどさ。

もっとも、一周目の僕だって、クリスマスを口実に散々楽しんだに違いないんだ。だから、二周目の僕のクリスマス嫌いが単なる僻《ひが》みからくるものだってことは、十分に自覚していた。大体、祝ってもらえない誕生日を嫌いになるのは当然だよ。

しかし、僻みだろうが嫉《そね》みだろうが、嫌いなものは嫌いだ。それゆえに、十二月二十四日のアルバイトの内容を知ったときは、やっちまったと思ったね。

目についたアルバイトにかたっぱしから応募していた僕だけど、日程と募集要項ばかり見ていて、肝心の仕事内容にはちっとも目を通していなかったんだ。その仕事が、いかにも人の集まりそうな百貨店で、一日中サンタの格好をして抽選会の手伝いをすることだって僕が知ったのは、当日の朝だった。

休もうと思えば休むこともできたんだけど、じゃあ一日中家にこもって過ごすのが魅力的かといえば、それはそれで気が滅入りそうだった。どっちにせよひどい気分を味わうのは目に見えていたけど、それならお金が稼げる方がまだいいという結論に達し、僕は家を出た。

浮かない気持ちで百貨店の従業員専用入口へいくと、僕と同様にクリスマス前日にアルバイトを突っ込む物好きが、既に二十人くらい集まっていた。連中のほとんどは、いかにもクリスマスの予定などございませんって面《つら》をしていたけど、わざわざ恋人同士できているやつもちらほらいて、おかげで場の空気がぎくしゃくしていた。あれはちょっと笑えたね。

アルバイトの大半は大学生で、大半は友人を連れての参加だった。一人で参加していたのは、僕を含め、たった四人だったな。一人はいかにも仕事慣れしている感じの男で、もう一人は周りの目なんて気にしていないようなピアスの男。最後の一人は、唯一の女の子で——そう、もう予想はつくだろう？

すみっこで居心地悪そうに突っ立っているそいつは、僕のよく知る女の子、ヒイラギだった。ヒイラギは僕の顔を見ると、軽く頭を下げた。僕も同じように返したけど、この分だとあいかわらず、彼女は僕の正体に気づいていないみたいだったな。

それにしても、こんなところで会うなんてね。やっぱり僕らは、思考回路がよく似ているんだろう。一周目で恋人同士だっただけのことはあるよ。どうせ向こうも、家にこもって過ごすよりはまだいいということで、こっちを選んだんじゃないかな。

メンバーが揃った数分後、仕事の説明が始まって、僕は久しぶりに、「二人組み作って」の呪文《じゅもん》を聞くことになった。案の定、僕とヒイラギはペアを組む相手がいなくて、余り者同士、二人で組むことになった。こういうのは高校以来で、僕は懐かしい居心地の悪さを感じたな。

暑苦しいサンタの衣装を着て、帽子まで被って、僕らは浮かれた家族やカップルなんかを相手に、「おめでとうございます」とか「よいクリスマスを」とか、およそ心にもないことをいわされた。テーブルを挟んで向こう側には、幸せそうじゃない人なんて一人もいなかった。かつては僕たちもあっち側だったんだけどな、と隣のヒイラギを見て僕は思う。ヒイラギは客に対し必死に愛想をよくしようと努めていて、そういうのは見ていてなんだか痛々しかったね。

61

休憩《きゅうけい》時間になって埃《ほこり》っぽい会議室に戻ると、弁当が配給された。クリスマスカラーの包装がされていたけど、中身は普通の弁当だった。半分ほど残してごみをダンボールに戻すと、僕は通行証をポケットにしまい、店内を歩いて回った。ここで働くのは初めてじゃなかったけど、結構規則の緩《ゆる》い場所でさ、勝手に歩き回ってもそうそう咎められないんだ。

クリスマスということでどこも混み合っていたけど、五階の楽器屋はほとんど人が入っていなかった。特に買いたいものがあったわけじゃないけど、僕は自然とそこに引き寄せられていった。

ギターやオルガンを眺めていると、高校生の頃によくいった音楽準備室を思い出した。卒業式の予行演習の日にヒイラギと会ったのもあそこだったな、と思い出して、僕はちょっとだけ頬が緩んだ。

隅から隅まで歩いていると、気になるものを発見した。ホーナーのマリンバンド。それはいわゆるテンホールズ・ハーモニカなんだけど、ボディが木製で、実に僕好みのデザインなんだ。拳銃《けんじゅう》の機能美にも似たところがあるな。マリンバンドっていう名前も、実に響きがよかった。

ふと僕は、それを、妹へのクリスマスプレゼントとして買ってやろうと考えた。仮に彼女が楽器に興味がないとしても、そのときは、飾っとくだけでいいんだ。ハーモニカにしてはいささか値の張るものだったけど、僕は迷わずそれを買って、ラッピングまでしてもらった。

店を出た後で気づいたんだけど、ハーモニカって、どこまでも妹にぴったりなんだよ。彼女がその小さな手で器用にハーモニカを演奏する様子は、たやすく想像できた。きっと彼女は、一周目で実際にハーモニカを吹いていたんだろう。

それから僕は、外の喫煙所に向かった。建物の中にいるときは気づかなかったけど、外はひどい雪だった。いつから降り始めたのかわからないけど、場所によっては、すでに十センチ以上雪が積もっていた。雲はぶ厚く、昼間だというのにほとんど夜みたいな暗さだったな。ヘッドライトをつけている車も多かった。

何気なく駐車場の様子を眺めていると、見覚えのある青い軽自動車が入ってくるのが見えて——思わず、顔がひきつったな。だってそれは、僕がストーカー時代によく目にした車なんだ。ようするに、トキワとツグミが乗っている車というわけさ。結構めずらしい車種だったから、すぐにわかった。

こんなことならトキワに渡された予定表をちゃんと見ておけばよかったな、と僕は悔やんだ。今日彼らがここにくることを知っていたら、絶対にこんな仕事引き受けなかったのに。

二本目の煙草を吸い終えると、僕はゆっくり休憩室へ戻り、鞄から例の予定表をとりだして目を通しておいた。それによると、彼ら、これから洒落た店にディナーをとりにいくらしかったな。不愉快だねえ。

まあこの後に起こることは君も大方予想がついているだろうけど、トキワとツグミは、僕とヒイラギが働いている抽選会場を訪れるんだ。

彼らを見た瞬間、僕は咄嗟《とっさ》に辺りに目を走らせ、身を隠せる場所を探した。こんなタイミングでトキワに会うなんて、死んでもごめんだからね。どうせ向こうは、こんな日にこんな場所でこんなことをしている僕を見て、自分自身の幸せを噛み締めるに違いないんだ。そんな材料にされてたまるかってんだ。

真っ先に目に入った場所、壁際のクリスマスツリーの裏に僕は逃げ込むことにした。高さ五メートルくらいある大きなツリーで、身を隠すのにはうってつけだったんだ。ところが、僕がツリーの裏に回ったとき、僕がきたのとは反対側からツリーの裏に回りこもうとしている人がいて、慌てて僕は立ち止まった。危うく正面衝突するところだったな。

僕とヒイラギが目をあわせていたのは、ほんの一瞬のことだったと思う。けれども、それで十分だった。僕とヒイラギは、二人並んでツリーの陰に座り、トキワとツグミが立ち去るのを待った。おかげで二人には見つからずに済んだけど、途中で子供が一人わざわざ覗《のぞ》きにきて、「ママ、サンタが隠れてる。二人も」と騒《さわ》いだ時は、おいおい勘弁してくれよって思ったな。

トキワとツグミが抽選会場を去ってから、僕はしばらく、彼らの今後の予定について考えていた。隣で溜息ばっかりつくヒイラギも、多分、同じことを考えていたんだと思う。やれやれ、こんなに気分の悪いことって、そうそうないよ。

五時を過ぎて、抽選会も終わりに近づき、会場を訪れる客はほとんど途絶《とだ》えた。頻繁に休憩に回されるようになって、僕はヒイラギと二人、休憩室でぼうっとしていた。

休憩室のすみには、古いラジオがあった。二本のでっかいつまみがついた木製のラジオで、そこからぼそぼそと音楽が流れていた。他に見るものも聴くものもないから、僕はそれに耳を澄ましていた。

ラジオから流れていたのは、聞き覚えのある曲だった。

ジョン・レノンの、「スターティング・オーヴァー」。

僕は何気なく、ラジオに合わせて小声でその歌を口ずさむ。

一周目のあの日も、同じ曲をこんな風に口ずさんでいたな、と僕は思う。

思い出せるはずのないことまで思い出していることに気づくまで、数秒を要した。

直後、僕は、一周目の記憶が急速に蘇りつつあることに気づく。

気が遠くなるほど膨大《ぼうだい》な量の情報が、静かに脳を満たしていく。

トキワとツグミがこれから死ぬ運命にあるということを思い出したのも、このときだ。

62

人間の運ってものは、長い目で見れば、釣り合いのとれているものなのかもしれないな。その考え方は、大抵は運のない人間が自分を慰めるためのものなんだけど、このときばかりはそう思わずにはいられなかったよ。

不思議と、どんな感情も湧いてこなかったね。

「そうか、あの二人は死んでしまうのか」。それだけ。

どちらかといえば、喜ぶべきことだったんだと思うよ。トキワが憎いことには変わりがなかったし、ツグミはどうせ僕のものにはならないんだからね。手に入らないものなら、いっそのこと存在しない方がいいんだ。

彼らが可哀想《かわいそう》だとは思わなかったな。いいじゃないか、あれだけ幸せな人生を送ってこられたんだから。むしろ、幸福の絶頂で死ぬことができるっていうのは、幸せなことかもしれないんだ。十年ばかし蛇足的《だそくてき》な人生を送ってきた僕がいうんだから間違いないよ。

時計は六時を回っていた。このシナリオが僕の想像する通りのものだとしたら、今頃トキワとツグミはラジオを消して、カーステレオでCDを聴き始めているはずだ。「レノン・レジェンド」を、一曲目の「イマジン」から順に流しているはずだ。

そして十二曲目の「スターティング・オーヴァー」が流れだす頃、二人は命を落とす。

僕は立ちあがって、部屋のすみのラジオの前にいき、ボリュームをあげる。

なぜこのタイミングで記憶が戻るんだろう？　僕は考える。なぜこのタイミングで休憩に回されてしまったんだろう？　なぜこの部屋にラジオがあったんだろう？　そう——そもそもこのラジオはいつからここにあったんだろうか？　少なくとも先週の段階では、ここにこんなものはなかったはずだ。

それはなにかの〝しるし〟であるように思えた。

歌も終わりに近づく頃、僕はなんの根拠もないままに一つの結論に達する。

僕はまた試されているんだ。

二周目において、正しい相手を見つけられるかどうかを試されていたみたいに。

今度も僕は、正しい選択ができるかどうか、試されているんだ。

63

濡れた顔を袖で拭《ふ》くと、僕は鏡の中の自分自身を見据える。間抜けなサンタの格好をした僕が、そこにはいる。

君は最後に全てを知る権利がある、と僕はいう。

「全ての元凶は、僕が間違った相手を好きになってしまったことなんだ。それさえなければ、僕は当初の目的通り、一周目とほとんど変わらない人生を繰り返すことができたはずだった。そうして僕が変わらずにいることで、僕の家族も、ウスミズも、君も、一周目と変わらず、豊かな人生を歩めるはずだったんだ」

「ところが僕は、一番やっちゃいけないミスを犯したんだ。惚れる相手を間違えたのさ。おまけに僕は、今年の冬になるまでそのミスに気づけず、ずっと間違った相手を運命の女の子だと信じて追いかけ続けてきたんだ。とんだ間抜けだよ。おかげで全ての歯車が狂った。一周目で僕に深く関わっていた人間は、二周目においては大体ひどい目に遭うことになるんだ。まるで疫病神《やくびょうがみ》さ」

「二周目の僕は、『一周目の僕』のポジションを務めるのに相応《ふさわ》しい人間じゃなくなっていった。それでどうなったかというとだね——代役が現れたんだ。僕ではない別の誰かが、一周目において僕があてられていた役を、代わりに演じることになったんだよ。その相手役の女の子だけど、彼女もやっぱり『一周目の彼女』を演じるに相応しい人間じゃなくなっていて、そのポジションは、代役が務めることになった。僕らは仲よく負け犬になったってわけだ。それを運命的ということも不可能じゃないかもしれないけど、基本的にはくそったれだ」

「間違った相手を好きになってしまったのは、僕だけじゃない。でもヒイラギ、君が好きになる相手を間違えてしまったのは、しかたのない話なんだ。一周目の僕を知る人なら、誰だって、二周目の僕じゃなく、トキワの方を一周目の僕と同一人物とみなすだろうからね。……とはいえ、二人揃って間違った相手を好きになることで、いよいよ収拾がつかなくなった。すれ違いは、完全な形になってしまった」

「僕らは間違えた相手を愛してしまった。……しかしね、僕は思うんだよ。その恋が、たとえ勘違いから生じたものだったとしても、結局のところ、二周目においては、そっちが真実なんじゃないか、って。始まりが勘違いだろうと思い込みだろうと、その後僕らが何年にも亘ってツグミやトキワを想い続けてきたことは事実だ。今や、僕にとってはツグミが、君にとってはトキワが、『本物』なのさ」

「ところでその『本物』は、実をいうと、あと一時間足らずで、この世からいなくなることになっている。……僕はちょっと考えてみたけど、それは僕らにとって、理想的な展開なんだ。だって、このままいくら待ったところで、ツグミは僕のものにならないし、トキワは君のものにならない。おまけに僕らは、あの二人を見ると、嫌でも一周目のことを思い出して、いつまでも過去に執着する羽目になってしまう。だったら、いっそのこと、ツグミもトキワも、いなくなってしまった方がいいんだ。そうすることで僕らは、叶わない夢と、取り返しのつかない後悔からやっと逃れることができる。そうさ、彼らが僕らの目の前から消え去ったそのとき、ようやく僕らの二周目の人生が始まるんだ。きっとそれが一番現実的で、利口なやり方なんだ。一周目のことなんて忘れて、トキワとツグミのことも忘れて……」

そこで僕の言葉は止まる。

もう十分だ。

僕はトイレを出て、休憩室へ戻る。そこにいるヒイラギに向かって、たった今練習してきた長台詞をそのまま口にすればいい。

ただそれだけだったんだ。

64

ところが、休憩室に戻った僕が実際になにをしたかというとだね、これがまったく意味不明なんだな。両手で頬杖《ほおづえ》をついてラジオを聴くヒイラギの顔を見るなり、僕は彼女の手をとって、部屋を飛びだしていたんだ。

でもしかたのない話なんだよ。僕がこれからしようとしていることが、一人でどうにかできることなのかわからなかったし、話を信じて協力してくれる人がいるとしたら、彼女くらいだろうからね。

フロアを駆け抜けていくサンタ二人を見て、子供たちは目を輝かせていたな。まあ、そうそう見られる光景じゃないからね。エスカレーターですれ違った子の一人は、僕らを追いかけようとして必死にエスカレーターを逆走していたけど、あんまり前に進めていなくて、その様子は実に愛らしかったな。

65

ヒイラギが何もいわずについてきてくれたのは、きっと、握られたその手に、どこか懐かしいものを感じたからだと思う。

なんでそう思ったのかっていうと、僕がまさにそのように感じたからさ。

外は既に猛吹雪だった。僕はヒイラギを助手席に乗せ、自分も運転席に乗り込むと、エンジンをかけて車を発進させた。視界は最悪で、道路のセンターラインや看板はすっかり見えなくなってしまっていた。歩道と車道の区別さえつかなかったな。

僕はトキワから貰った予定表を財布からとりだし、彼らの通るであろうルートに目星をつける。幸い、彼らがディナーを予約していた店は、僕もよく知る店だった。そこまで最短で向かう中で、事故現場となる交差点が見つかるはずだ。

一曲目の「イマジン」から、十二曲目の「スターティング・オーヴァー」まで、一曲四分として計算すると、大体五十分というところか。間に合うかどうかの瀬戸際《せとぎわ》というところだ。しかもこっちは、ただ現場に向かうだけじゃなくて、ちょっとした準備をする必要もあるんだ。必要そうなもの、役立ちそうなものを僕は列挙していく。回転灯。誘導棒。照明。懐中電灯《かいちゅうでんとう》。とにかく、光れば光るほどいい。

一際強い風が吹いて雪が舞いあがり、一瞬視界が遮《さえぎ》られる。反射的にアクセルを緩めたそのとき、目の前に中央分離帯が迫っていることに気づき、僕は慌ててハンドルを切る。おいおい、しっかりしてくれよ、と僕は自分に言い聞かせる。僕らの方が先に事故に遭ったら、元も子もないだろう？

そんな緊迫した状況なのに、一方で僕は、おかしくてしかたがなかった。変な笑いがこみあげてきて、しかたなかったな。

自分が自分らしくないことをするのってさ、多分、人生で起こることの中で一番面白いんだよ。二周目の人生においては主にそれに悩まされてきた僕だけど、でもやっぱり、人が自分自身からも自由になれるんだってことを証明することで、なにかに対して一矢報《いっしむく》いたような気になれて、気持ちがよかったね。

赤信号に引っかかって、僕はやむなく車を停《と》める。突っ切ってもよかったんだろうけど、万が一ということもあり得る。時計を見ると、時間はそこまで切迫していないようだった。

ふと助手席に目をやると、ヒイラギは説明を求めるような目で僕を見つめていた。

僕はしばらく考えてから、こう切りだす。

「本来、死ぬのは僕たちのはずだったんだ」

こういう言い方は、適切じゃないかもしれないけど。

66

「二十歳のクリスマス。つまり、まさに今日さ。一周目においてもこの日は、ひどい吹雪だった。……覚えてるかな？　ちょうどトキワとツグミがそうしたように、僕たちも、あの百貨店に立ち寄った後、いつもよりちょっと高めのレストランにいってディナーをとって、帰って二人でゆっくりするつもりでいたんだ」

「ところがレストランからの帰り道、ただでさえ猛吹雪で視界が悪かったのに、その雪のせいで、かなりの広範囲で停電が起きた。考えようによっちゃ、それはそれで、ロマンチックだ。停電のクリスマスなんてね、視界不良でサンタが電線に引っかかっちゃったのかもしれない。ただ、困ったことにね、僕らが車を走らせていた辺りの道路では、信号まで点かなくなっちゃったんだ。割と大規模な停電だったんだろうな」

「そのとき僕らが聴いていたCDは、『レノン・レジェンド』だった。ラジオで『スターティング・オーヴァー』が流れていたのを聴いて、君がジョン・レノンのベスト盤を聴きたいといいだしたんだ。確かにそれは、クリスマス的発想といえそうだった。一曲目の『イマジン』、二曲目の『インスタント・カーマ』、『マザー』、『ジェラス・ガイ』、『パワー・トゥ・ザ・ピープル』、『コールド・ターキー』、『ラヴ』、『マインド・ゲームス』、『真夜中を突っ走れ』、『夢の夢』。十一曲目の『スタンド・バイ・ミー』が終わって、十二曲目の『スターティング・オーヴァー』が再び流れだした頃だったかな――それは、突然訪れたんだ」

「停電と吹雪のせいで、雪以外はほとんどなにも見えなかった。僕は、あくまで慎重に運転しているつもりだったんだ。けれども不意に――本当に一瞬のことだった――全身がばらばら飛び散るような、物凄《ものすご》い衝撃を感じてさ。眩しいと感じたのは、それとほぼ同時だったかな。おそらくトラックかなにかと衝突したんだろう。おそらくそこは交差点で、でも僕は完全に直線だと思い込んでいたんじゃないかな。覚悟する間もなく、後悔する間もなく、僕らの人生は一瞬で終わったはずだった。……ところが、次に目覚めたとき、僕の時間は十年巻き戻っていた。いや、正確にいえば、『僕と君の時間は十年巻き戻っていた』。……それは、クリスマスの奇跡と呼んでいい類のものかもしれないね。とにかく僕らは、もう一度チャンスを与えられたわけだ」

「しかし、なぜわざわざ十年も巻き戻す必要があったんだろう？　一分巻き戻すだけでも、事故を回避《かいひ》するには十分すぎるくらいだ。ところが僕らは、記憶を一部破損させられた上で、十年も時を巻き戻された。十年も時が巻き戻ったから、記憶が破損したという考え方もできる。……仮に、神様でもサンタクロースでもなんでもいいけど、そういう絶対的な存在が、僕らにチャンスを与えたんだとしよう。なぜそいつは僕らの時を十年も巻き戻したのか？　僕はこういう結論に達した。多分そいつは、困っている人をそのまま救う、ってことはしないんだよ。あくまでももう一度、公正な機会を与えてくれるっていうだけなんだ。理不尽な死だけは避けさせてくれたけど、逆をいえば、そこまでしかしてくれないんだ」

「細かい因果は分からないけど、現状からいって、おそらく、僕らが助かるための手段はただ一つだった。それは、『代役を立てる』ことだったんだ。一周目において僕らがいた席を、二周目では誰かに譲ってやること。絵に描いたような幸福な青春時代を放棄して、一周目とは正反対の二周目に甘んずること。そして偶然にも、僕らはそれに成功してしまった。事故に遭う役はトキワとツグミが代わってくれることになったんだ。……それが本当によかったかどうかは、僕にはわからない。だって、一周目のあの日で人生を終えていたとしたら、僕らの人生は、最初から最後まで最高だったってことになるんだからね。中身のない十年をよけいに送るよりも、そっちの方がよっぽど正しい選択である気もする」

「このまま放っておけば、同じ事故が起きて、彼らは命を落とす。それは本当なら、僕らにとっては望ましい展開のはずなんだ」

ヒイラギはなにもいわず、黙って話を聞いていた。視界の端でうなずく彼女に、僕はまた懐かしい感じを覚えたな。

「でもさ」と僕はいう。「そういう悲劇を見逃すには、今日はあまりにもめでたい日だ。なんたってクリスマス・イヴだし、おまけに僕らの格好はサンタクロースときてる。クリスマス・イヴにサンタクロースが幸福をばらまかないでどうする？　……それに僕は、一周目の人生を愛しているのと同じように、それを再現してる彼らのことも、どっか愛してるところがあるんだ。あんまり認めたくないけど、トキワは僕の愛しい分身だし、いくら勘違いだとしても、二周目の僕がツグミを愛していたことは事実だ。そういった点に関しちゃ、君だって同じはずだ。だから僕も、たまには、二周目の人間らしいところを見せてやろうと思う。一周目の反省や教訓を活かして、もっと優れた二周目を目指すんだ」

67

事故現場となるはずの交差点を見つけ、諸々《もろもろ》の準備を終えたとき、停電まで、まだ五分ばかりの猶予《ゆうよ》があった。それほどまでに余裕を持って準備ができたのは、ヒイラギが、僕のいいたいことを一から十まで瞬時に把握してくれたおかげだと思う。

僕らは街灯の下に並んで立ち、そのときを待っていた。

ヒイラギが、おそるおそるといった様子で僕に話しかける。

「これまでにも、こうやって、人を助けたりしてきたの？」

「いや。これが初めてだね」と僕は答える。「だから、今やってるのは、あんまりよくないことだと思うよ。本来、数えきれないくらいの救えたかもしれない命を見捨ててきた人間が、今さら自分の助けたい相手だけ助けるなんてさ」

「でも、多かれ少なかれ、人は皆そうしてるよ。私たちが特別罪悪感を覚えるべきことじゃないと思う」

「……なるほど、いわれてみりゃそうかもしれない」

「私も、記憶を利用して人を助けるのはこれが初めて」と彼女はいう。「私、二周目に入ってからも、一周目の記憶を使ってなにかしようとしたことは、一度もなかったんだ。今はこんな風になっちゃったけど、本当は私、二周目の人生でも、一周目の人生をそっくりそのまま繰り返そうと――」

「僕もそうさ」かぶせるように僕はいった。「そうしないわけがない」

「……そうだよね」

　ヒイラギはうつむきがちに笑う。唇をぴったり閉じたまま、ほんのちょっとだけ口角をあげて笑うんだけど、それが僕の笑い方そっくりでおかしかったな。卑屈な人間の、予防線を張るような笑い方さ。幸せさえ恐れるようになった臆病者が、よくそういう表情をするんだ。

　そんな顔をする彼女を見ると、僕は罪悪感で胸が一杯になった。

「こんなことに巻き込んで、本当にすまないと思う」と僕はいう。「本来僕には、君にこんなことを頼む資格はないんだ。そう――元はといえば、全部、僕のせいなんだよ。一周目の僕がもっと用心深く運転してさえいれば、こんなことにはならなかったはずなんだ。僕があんなヘマをしなければ、僕の傍にいた人たち、皆が皆、あのまま幸せに暮らせるはずだったんだよ」

ヒイラギが右手の人差し指をあげる。

「ねえ、ひとつ教えてくれないかな?」

「なんだい?」と僕は訊きかえす。

ヒイラギは淡々と言う。

「確かに、これから私たちがしようとしていることは、あんまりよくないことなのかもしれない。私たちは一番大切にしていた相手をとり違えるっていう、最悪のミスを犯したのかもしれない。二周目で色んな人の人生が悪い方向へ転んでしまったのは、君のヘマのせいかもしれない。この十年で変わってしまったすべては、もう取り返しがつかないのかもしれない。……けれども、だからって、今、私が喜んじゃいけないっていう理由は、どこにもないよね?」

意表を突く言葉に、僕はちょっとたじろぐ。「ええっと……うん、確かに、そうかもしれない」

「君とまた、こうして話せることを」とヒイラギはいって目を細める。「ねえ、こういうときって、まずは再会を喜ぶべきじゃないのかな？　確かに私たちはずっと傍にいたけど、今この瞬間、初めてお互いをお互いとして認識したわけじゃない？　二周目においては、これが本当の意味での再会といえるんじゃないかな？」

僕の口元が緩むのがわかる。「それもそうだ。オーケー、じゃあ、まずは再会を祝おう」

こういうのって、実に僕たちらしい会話だと思ったな。

ヒイラギがぎこちなく両手を前に差しだす。僕は彼女を優しく抱き寄せたけど、その動作もやっぱりぎこちなかった。「だめだ、緊張する」とヒイラギは自嘲《じちょうてき》的に笑う。でも、お互い、抱き締めたり抱き締められたりするなんて十年ぶりだからさ。無理もない話だよ。

「……あんまり怒らないでほしいんだけどね」とヒイラギが僕の胸に顔を埋めたままいう。「高校時代の話なんだけどさ。当時の私って、自分と似たような状況にある君を見下すことで、心の安定を保ってたようなところがあったんだ。辛いことがあると真っ先に君の姿を捜して、『あの人と比べれば自分はまだいい方だ』って思うことで、自分を安心させてたの。……ひどい話でしょう？」

「そうだろうと思ってたよ」と僕は苦笑いする。「だって、僕もそうだったから」

ヒイラギはしばらく黙っていた。

「だとしたら」と彼女は顔をあげていう。「こういう風に考えることもできると思うんだ。つまり、君は私を見下すことで、私は君を見下すことで、この数年間を乗り切ってきたわけだね。君が目の前にいないときも、寂しかったりむなしかったりするとき、私は君が傍にいる様子を思い浮かべてた。そして、もし、君も同じようにしていたというなら——ある意味じゃ、私たちは、お互いの姿を見失って尚《なお》、ずっと支えあって生きてきたんだ、って考えることもできると思うんだ。極めて、ひねくれた形で」

「……確かに、ひねくれてる」

僕はくすくす笑い、うなずく。彼女と目があう。長年の悪い積み重ねのせいで、つい僕らは反射的に目を逸らしてしまう。

けれども、こういう台詞だけは、ちゃんと目をあわせていわなきゃならないんだ。

僕はもう一度、彼女の目をしっかり見つめる。

「さて、停電まで、残り一分を切った。そろそろ、僕たちが間違えて愛した二人を——けれども確かに愛した二人を——救いにいこう」

僕がそういうと、ヒイラギは「うん」と力をこめていった。

「ただ、あのね、ちょっとだけ待ってくれるかな。灯りが消えて、見えなくなっちゃう前に、最後に一つだけ、確認させてほしいんだ。……本来、私にも、君にこんなことをする権利はないんだと思うよ。だって、私もまた、最初から、君とは違う別の人を追いかけてしまったんだから。でも私は君ほど律儀な人じゃないから、権利なんて、知らない」

「確認って？」

そう僕がいい終えるのとほぼ同時だった。

彼女は背伸びして、僕と唇を重ねていた。

「ごめんね」とヒイラギはいった。「それだけ」

確かに、確認はそれだけで十分だったんだ。

その一瞬で、僕は実にたくさんのことを理解した。

僕はずいぶん表面的なことに囚われていたんだろうな。二周目における記憶の制限は、僕の考え方にまで、致命的な欠陥を与えてしまっていたようなんだ。

言葉にできない感覚を、僕は軽視しすぎていたんだよ。このことにしたって、口でいっても伝わんないんだろうけどね。僕は覚えているつもりのことさえ、本当の意味じゃ、ちっとも覚えていなかったってことに気づいた。なにが大切で、なにがそうじゃないのか、まったくわかっていなかったんだ。

実感の伴わない一周目の記憶なんて、僕は気にするべきじゃなかったんだよ。僕はその記憶を、「起こり得たかもしれない可能性の一つ」程度に捉えておくべきだったんだな。

「こんなに傍にいたんだね」、と彼女は目を伏せていった。

ヒイラギが僕から離れ、振り返るのとほぼ同時に、街の灯りが一斉に消えた。

僕らがすっかり無縁になりつつある本物の闇が、街を覆い尽くそうとしていた。

十年前のあの日と、同じように。

68

それは実に馬鹿げた光景だったと思うよ。サンタクロース二人が停電の夜に誘導棒を持って交通整理をし始めたなんて、知り合いに話しても、なかなか信じてもらえないんじゃないかな。

あちこちに設置した色とりどりの回転灯なんかは、見方によっては、クリスマスのイルミネーションに見えなくもなかったな。赤、緑、青、黄色。時間がないってのに、僕らはわざわざ綺麗な配色になるようにそれらを設置していたんだよ。

僕はその幻想的な雰囲気にすっかり当てられちまって、わざわざ車を停めてねぎらいの言葉をくれたカップルとかに、何回か「メリークリスマス！」をいっちまったんだ。一番いいたくなかったはずの言葉なのにな。格好と寒さで頭がどうかしてたんだと思うよ。

本当にひどい吹雪でさ、目を開けているのも辛かったし、あまりの寒さに無意識に奥歯を嚙みしめてしまって、顎《あご》が痛んだ。自分がどこまで服を着ているのかもわかんないくらい体のあらゆるところが冷え切ってたね。

おまけに定期的に回転灯やなんかについた雪を払いにいかなきゃならなかったから、あっちこっち動き回らなきゃならなくてさ。本当、僕たちが轢《ひ》かれても全然おかしくなかった。ただ、僕らが身に着けていたのは、ひどく目立つ衣装だったからね、なんとか生き延びることができたんだ。

この日ばかりはサンタクロースの格好に感謝したね。これがジャックランタンとかの衣装だったら、間違いなく死んでたよ。これでもう少し暖かければ最高だったんだけど、見た目に反してこの服、たいして防寒機能がなくてさ。本当に芯まで冷え切ったたねえ。

交通整理の間、僕がずっと思い出していたのは、昔のヒイラギのことだった。一周目の話じゃない。二周目のヒイラギと僕が共有した何かについて、僕は自然と思いを巡らせていたんだ。高総体《こうそうたい》の応援や芸術鑑賞会《かんしょうかい》なんかでバスに乗って出かけるとき、お互い相席する相手がいなくて、いつも二人で最前席の方に座って、じっと黙っていたこと。保健室の前で、いつまでもこない養護《ようご》教諭《きょうゆ》を二人で待っていたこと。球技大会の最中、空き教室に隠れて寝ていたら、彼女もまったく同じことをしていて、二人揃って閉会式に出そびれたこと。文化祭の打ち上げの出欠名簿《めいぼ》を見たら、不参加に丸をしているのが僕たちだけだったこと。卒業式予行演習の日に、音楽室準備室で共犯関係になったこと。卒業式の日、担任の長い話が終わった後、僕らだけが即座に教室を出ていったこと。大学入学後も相変わらず友人ができず、高校時代と同じように、いつも二人で講義室の左後ろに座って仏頂面をしていたこと。

良い思い出なんだか悪い思い出なんだかわからないけど、そうした記憶は、音楽みたいなやり方で僕を慰めてくれたもんだった。

そうして――停電から二十分ほど経った頃だったかな。

例の青い車がゆっくり通り過ぎるのを、僕たちは見送った。

かつての僕たちが通り過ぎていくのを、見送ったんだ。

最初から最後まで、彼らはなんにも知らない。トキワもツグミも、自分たちが僕とヒイラギの代役で、しかもその二人に命を助けられたなんてことは、僕らがいわない限りは、永久に知らないままだろうね。

でも、それでいいんだと思うよ。それどころか、自分が助けられたということに彼らがまったく気づいていないということが、僕にとっては、たまらなく痛快だったんだ。

あの二人を助けたところで、僕らの目的は達成されていた。でも、ここまでやったら最後までやり通してやろうじゃないかと僕らは決め、停電が復旧するまで交通整理を続けた。

69

電気が復旧した頃には、僕たちの体は死体みたいに冷えて、髪も服も凍りかけていて、風邪でも肺炎でもなんでもこいって感じだったね。どこかで暖まりたかったけど、すでにどこの店も閉まっていて、おまけに雪にタイヤをとられて車が動かなくなって、荷物のほとんどは百貨店に置いてきていて、どっから手をつけていいのかわからないような状況だったな。

ひとまず暖房を全開にして、車内が暖まるのを待つことにした。僕らはちょっとした会話をする余裕さえ残っていなくて、ただただ馬鹿みたいに震えていたんだ。

そのとき、どこかで鐘《かね》の音が聞こえた。

時計の針が、十二時を指したんだ。

そう、この瞬間、繰り返しは終わりを告げる。

ここから先は、僕たちも完全に知らない世界だ。

三周目が始まる気配はなかった。

ヒイラギは歯をがちがちいわせながら、消えそうな声で、「さむいね」と僕に微笑みかけた。それだけしゃべるので精一杯だったんだと思う。

「うん、寒い」とだけ僕は返したんだけど、その言葉を口にした直後、なにか、温かいものが込みあげてきてね。

思えばさ、ここ十年、僕は寒さを分かちあう相手さえいなかったんだ。

なんでかな。そのときふいに、僕は幸せな気持ちになったんだ。代役の二人は今後も僕らの席に座り続けるだろうし、後期の単位はすでに取り返しがつかないし、両親は今にも離婚しそうだし、友達はいないし、妹は落ち込んでいるし、親友は自殺しそうだし、おまけに今すぐ凍《こご》えて死にそうで――けれども、幸せだった。これからは、それなにがあっても、大抵のことは平気な気がしたんだ。僕とヒイラギの二人なら、それなりに楽しくやっていけそうな気がした。

それはいかにも根拠のない自信だったけど、根拠がない自信ほど、強力なものもないんだよ。混乱していたのかもしれないけど、ひょっとするとそのときの僕は、一周目の二十歳のクリスマスより幸せだったのかもしれない。

だとしたら、それって、本当に、本当にすごいことだよ。

十年ぶりの、ハッピークリスマスってやつだったんだ。

僕は震えのとれない手でヒイラギの手を握り、「なあ、ヒイラギ」という。考えはよくまとまっていなかったけど、とにかくなにかいわずにはいられなかった。

「僕らは、この十年で、多くのものを失った。……そりゃあ、代わりに得たものもあるかもしれないけど、失ったものに比べたら、微々たるもんだと思うよ。僕はこの十年を、心から肯定することはできない。限りなく無駄《むだ》に近い十年を、僕らは過ごしてきたんだと思う」

ヒイラギは握られた手をじっと見つめている。

「でも」、と僕はいう。「君を見てると、また初めから、やり直せる気がするんだ。時間なんて巻き戻す必要は、どこにもない。さっき、気づいた。とんでもないことに気づいたんだよ。僕はどうやら、再び、君に恋をしたみたいなんだ。君が一周目において僕の恋人だったかどうかなんて、関係なしに。本当にただ、目の前の君に恋をしたんだ。……そうさ、失われた十年が、なんだっていうんだろう？　たかが十代の不毛じゃないか。ヒイラギ、僕はこれから、君に好きになってもらえるように、精一杯努力するつもりでいるよ。まるで、二人が初めて出会った頃みたいにさ」

「……それは、ちょっと難しいかもね」とヒイラギが微笑む。「だって、すでに、これ以上ないくらい好きだから」

まったく、参っちゃうよな。彼女は僕が一番欲しい言葉ってものを、実によくわかっているんだ。

そっと顔を近づけて、僕はヒイラギに口づけした。

あいかわらず、お互いにその動作はぎこちなかったけど、それがかえって僕には嬉しかった。

まるで、本当に最初から始めているみたいだったから。

70

明け方に帰宅した僕は、眠気もまったくなくて、なんだか生まれ変わったような気分だった。体はいつもより軽い気がしたし、鏡を見たとき、顔つきが一晩ですっかり変わったことに気づいた。生まれ変わる準備は、とっくにできていたんだろう。でも今日という日がなければ、僕はそれに気づくことさえできなかっただろうね。

部屋の真ん中で、僕が恋人から貰ったプレゼントをごそごそやっていると、ベッドからもそもそ音がしてさ。見ると、妹が体を起こそうとしているところだった。どうやら、また家出してきていたみたいだったね。僕は彼女に気づかれないように、そっと枕元に紙袋を置いた。

妹は僕の顔を見ると、眠たげな目で「お兄ちゃん」とだけいって、また枕に頭を埋めた。でも直後、枕元にある僕からのプレゼントを見つけて、少し遅れて、「おおー」と満更《まんざら》でもなさそうにいって起きあがった。

紙袋からプレゼントをとりだした妹は、包装を慎重に剝がし、ケースを開けてハーモニカをとりだした。彼女はそれをそっと口に当てて、ぴすーと軽く吹き、口を離して、「おおー」ともう一回いった。寝起きの妹って、一時的に棘《とげ》がなくなるっていうか、ちょっとだけ一周目の面影《おもかげ》があるんだよ。

僕はベッドに腰掛け、「なあ」と話しかけた。

彼女はここで待ってくれていた。それは、偶然ではないんだろう。

となると、いうべきことは、一つだ。

「兄ちゃんは、十年後から戻ってきたんだよ」

妹は寝ぼけた顔で、やっぱり、「おかえりー」と笑った。

僕はそれが大のお気に入りだったから、「ただいま」といって妹の頭を撫でた。妹は不服そうな目をしたけど、まったく抵抗しないのを見ると、内心そんなに悪い気はしていないみたいだったな。

「兄ちゃんは、十年後から戻ってきてたんだ」と僕はいう。「僕は十歳から二十歳の人生を、もう一度やり直していたのさ。……なあ、二周目の人生が始まった当初、僕には、これから自分が犯す過ちだとか、本当にやるべきことというのが、一から十まで分かったんだ。なろうと思えば、神童にだって、お金持ちだって、予言者にだって、救世主にだってなれた。一周目以上に幸せになることも、不可能じゃなかったかもしれない。でも、僕はなに一つ変える気がなかったんだ。前回と同じ人生を送れれば、それだけで十分だったからね」

妹は目を瞬《しばた》かせながら、僕の顔を見ている。

「でも僕は、一周目の再現に失敗してしまった。いくらこれから起こることがわかっていたって、人生の全てを思い通りにするなんてことは不可能だ——そんな当たり前のことに気づいたのは、なにもかもが手遅れになった後だった。気づいた頃には、二周目の僕は一周目の僕と比べようもないほど情けない人間になっていて、しかも、それだけじゃ済まなかった。一周目の僕と親しくしていた人の大半が、二周目ではろくでもない人生を送る羽目になったんだ。負の連鎖《れんさ》さ。自分の迂闊《うかつ》さのせいで全てが台無しになる過程を、僕はこの十年を通して見てきた。まるで疫病神になったような気分だったな。……ただ、だからこそ、僕は知ってるんだよ。僕たちは、もっとまともになれるはずなんだってことを。微妙な違いで人は変わってしまうし、変われるんだってことを。人の行く先なんて、わからないものさ——ただしそれが意味するのは、今後僕らが幸せになれない理由も、どこにもないってことだ。『今までそうだったから、これからもそうだろう』なんて考えは、捨てちまえばいい」

僕は目を閉じ、再び開いて、いう。

「そしてもう一度、すべてをここからやり直そう。そろそろ、反撃開始といこうじゃないか」

妹は、やっぱり、「よくわかんない」と答えた。

いずれわかるさ、と僕はいった。

あとがき

処女作のあとがきとしてはこの上なく不適当な書き出しになってしまうことを承知で書くのですが、僕は子供の頃《ころ》、小説というやつがあまり好きではありませんでした。それだけならまだよかったのですが、大人になった後でも、その認識に変化はありませんでした。

小説という媒体に魅力を感じなかった、というわけではありません。物語をつくる上で、僕は映画よりも漫画よりも、小説という形態に一番の可能性を感じていました。しかし、世に出回っている本の大半が、技術的に僕の求める水準にまで達していなかった——というわけでもなかったのです。僕などでは一生かけても到達できないであろう境地に達している書き手は、数えきれないほどいるようでした。

それならなぜ小説が好きでなかったのか、という疑問を生じさせるために、僕はこのような文章を書いています。これを読んでいるあなたが僕の目論見《もくろみ》通りの疑問を持ってくれたのだとしたら、僕はこのように答えることができると思います。「僕の望むものについて書いている人はいた。しかしその人は、僕の望むやり方ではそれを書いてくれなかった。僕の望むやり方で書いている人はいた。しかしその人は、僕の望むものについては書いてくれなかった」。

間違っているのは僕の方なのだと思います。率直にいって、僕の趣味は歪《ゆが》んでいたわけです。あるいは幼稚だったというべきか。理由はともかく、僕にとって「しっくりくる」本は、この世にほとんど存在しないとはいわないにせよ、限りなくそれに近い状態ではありました――そこで僕は、こう思ったわけです。「百冊に一冊しか存在しないような僕好みの歪んだ一冊を本の海から見つけ出すより、自分で書いた方がよっぽど早いじゃないか」。

いざ一作目を書き終えてみて、振り返ると、僕の書いた物語が僕自身にとって満足のいく歪んだ一冊になっているかどうかは正直怪しいところですが、それでも与えられた時間の中で、できるかぎりのことはしたつもりです。その努力の跡だけでも感じていただければ幸いですし、もし単純に、なにも考えずに物語を楽しんでいただけたのであれば、作者としてこの上なく光栄に思います。

三《み》秋《あき》　縋《すがる》

三秋　縋
――著作リスト

スターティング・オーヴァー（メディアワークス文庫）

この物語はフィクションです。実在の人物・団体等とは一切関係ありません。

メディアワークス文庫

スターティング・オーヴァー

三《み》秋《あき》 縋《すがる》

2013年 9 月25日　初版発行
2025年10月10日　36版発行

発行者　山下直久
発行　株式会社KADOKAWA
〒102 - 8177　東京都千代田区富士見2 - 13 - 3
0570-002-301（ナビダイヤル）
装丁者　渡辺宏一（有限会社ニイナナニイゴオ）
印刷　株式会社KADOKAWA
製本　株式会社KADOKAWA

ISBN978-4-04-866001-3 C0193

メディアワークス文庫　https://mwbunko.com/

本書に対するご意見、ご感想をお寄せください。

あて先
〒102-8177　東京都千代田区富士見2-13-3
メディアワークス文庫編集部
「三秋 縋先生」係